호흡과 폭발

호흡과 폭발

이유소 소설

한끼

목차

프롤로그　　　　　　　　　　　9

1부　　　　　　　　　　　　　11

2부　　　　　　　　　　　　　49

3부　　　　　　　　　　　　　207

에필로그　　　　　　　　　　215

작가의 말　　　　　　　　　　217

해설 | 호흡하는 주체와 폭발하는 세계　　220
　　　— 박인성(문학평론가)

판 트로글로디테스는 침팬지의 학명이다.
나의, 그러니까 인간의 학명은 호모사피엔스다.

프롤로그

  내가 그 구멍을 알게 된 건 아주 오래전 일이다. 그게 정말 시간상으로 오래되어서 오래된 것처럼 느끼는지, 아니면 내가 지금 존재하는 현재의 시간을 정확히 몰라서 그런지는 알 수 없다. 중요한 건 내 삶이 그 구멍을 만난 이후로 완전히 달라졌다는 사실이다. 그날 오전까지만 해도, 오래전 동창이 전화를 걸어왔을 때만 해도, 나는 나를 둘러싸고 있는 세계가 오로지 하나라고 믿었다. 바로 거시적인 현실 세계.

  여기서 시간이란 개념을 추가하면 과거와 미래 정도가 될 것이다. 하지만 그마저도 현재의 다른 얼굴일 뿐, 내겐 끝없이 되풀이되는 현실만이 눈앞에 보이는 전부였다. 그러나 지금은 안다. 세계의 종류와 형태는 무한대고, 나는 존재하는 것도, 존재하지 않는 것도 아니라는 사실을….

만약, 당신이 지금부터 내 얘기를 듣고자 한다면 한 가지를 기억해야 한다. 이 이야기가 끝날 때까지 절대 잠들어선 안 된다는 사실 말이다. 당신도 모르는 사이, 영원히 잠들어 버릴지도 모르니까.

이곳은 그런 세계다.

1부

"그래서 내가 싫다고 했잖아!"

그들은 망망대해에 덩그러니 떠 있었다. 여행은 처음부터 삐거덕거리긴 했지만 자신들에게 이런 끝이 기다리고 있을 줄은 꿈에도 몰랐다. 해먹에 느긋이 앉아 마티니를 즐기던 몇 시간 전 모습이 까마득한 물 밑으로 종적을 감추었다. 이제 어떻게 되는 걸까. 정민은 이대로 아무도 오지 않을까 봐 미칠 것 같았다.

그때 현수가 소리쳤다.

"저기 봐! 내 말이 맞지! 순찰선이 돈다니까!"

새파랗게 질렸던 정민의 얼굴에 한 줄기 희망이 비치었다.

"살려 주세요!"

"살려 주세요!"

그들은 집이 눈앞으로 다가오는 양 신나게 손을 흔들었다.

1

 꿈속과 현실에서 전화벨이 동시에 울리고 있었다. 그 전화는 정확히 오전 9시 20분에 걸려 왔다. 나는 그때 침대에서 자고 있었고, 암막 커튼이 햇빛을 가로막고 있어 낮인지 밤인지 분간할 수 없었다.

 한쪽 팔만 들어 커튼을 살짝 들춰 보곤 휴대폰 화면을 눌러 스피커폰으로 전환했다. 네, 라고 응답했는데도 방 안이 잠잠했다. 전화 회로 속의 익명인에게 불편감을 느꼈다. 하는 수 없이 억지로 몸을 일으켰다. 거의 가수면 상태로 뻐근한 고개를 이리저리 돌려 보았다. 어젯밤 잠들기 전 읽던 소설책이 머리

맡에 펼쳐진 채 놓여 있었지만 어디까지 읽었는지 정확히 기억나지 않았다. 어떤 남녀가 바다에서 조난됐었는데….

나는 한곳을 멍하니 응시했다. 아무리 노력해도 시력과 정신이 또렷해지지 않았다. 앉아 있는데도 앉는 걸 몇 번이나 반복하는 듯한 착각이 일었다. 축 늘어진 어깨는 하염없이 무겁고 눈앞까지 내려온 한 줌의 머리카락은 성가시기만 했다. 치울 기력도 없이 한참을 노려보았다. 그게 신호탄이기라도 하듯 곧이어 외부의 어떤 목소리가 침침한 방 안에 내려앉았다. 푸른색 액정 화면이 다시 환하게 떠올랐다. 그것은 이상한 빛이자 소리이자, 몇 번의 파동이었다. 신의 계시 같기도 했다.

"…나야, 고유상. 잘 지냈어? 다름이 아니라, 우리 집에 한번 와 줄 수 있나 해서."

여기까지 들으면서도 긴가민가했다. 고유상은 누구며, 왜 날 집으로 불러들이는 거지? 하지만 두 손바닥으로 몇 번 눈두덩을 문지르자 야트막한 학창 시절의 기억이 손바닥에서 눈으로, 눈에서 뇌로 환기되었다. 그는 중학교 동창이었다.

"아아, 오랜만이다. 근데 내 번호 어떻게 알았어?"

"건너 건너 어떻게, 얻었어."

사실 반갑다기보다는 의아한 생각이 들었다. 한 학기 동안 옆자리에 앉긴 했지만 우린 친하지도 않았고 가끔 한 명이 교과서를 깜박했을 때 책 내용을 공유하거나 필기 노트를 빌릴 때만 말을 섞는 사이였다. 쉬는 시간에 실없는 대화나 농담도 주고받았지만 단지 그것뿐이어서 유상이 그 당시 따돌림을 당하고 있었다는 사실조차 졸업하고 나서야 알았다.

달리 생각하면 나는 그에게 특별한 관심이 없었다. 여름철이 되면 그에게서 땀 냄새가 나 애들이 별로 좋아하지 않는다는 사실을 알고 있었다는 점을 제외하면. 그 냄새를 가장 가까이서 맡는 건 나였지만 나는 그럴 수도 있다고 생각해서 불만을 품지 않았다. 날이 더우면 몸에 열이 나고 체취와 함께 땀도 배출되는 게 인간의 숨길 수 없는 신체 특징이었다.

당시 내가 맡았던 땀 냄새가 코에 스미면서 그의 얼굴도 스멀스멀 피어올랐다. 그는 다소 뚱뚱한 편에 속했고 도수 높은 두꺼운 안경을 끼고 있어 큰 눈이 더 도드라져 보였다. 유상은 부드러운 인상만큼 착했는데 그게 남들 눈엔 어수룩하고 무성격해 보여 그의 존재를 알아주는 친구들은 별로 없었다. 그렇다고 내가 그에 대한 부정적인 반 여론을 뒤집을 만큼 영향력이 있는 학생도 아니어서 우린 그저 한 교실에서 한 학기를 같이 보낸 동급생 관계 그 이상도 이하도 아니었다.

"집에는 왜?"

"그냥… 보여 줄 게 있어서."

그가 한마디씩 덧붙일 때마다 의심이 피어났다. 10년도 넘은 세월이 흐른 뒤에 갑자기 전화를 걸어와선 본인의 집에 와 달라니, 평소대로라면 단칼에 거절하거나 무슨 꿍꿍이가 있는지 캐물었을 것이다. 사실 동창이라기보다 모르는 남녀 사이에 불과하니까. 하지만 지금의 나는 거절의 필요성을 딱히 느끼지 못

했다. **왜냐하면 바로 지난밤, 언제든 내가 호흡하고 있는 이 세계와 이별할 결심이 섰기 때문이다.** 왜냐하면 바로 일주일 전 의사가 내게 이상한 뇌혈관 질환에 걸렸다고 말했기 때문이다.

유상의 전화가 걸려 오기 2주 전, 식당에서 초밥을 먹다가 갑자기 왼쪽 눈썹뼈 부근에 극심한 통증을 느꼈다. 이제껏 살면서 단 한 번도 겪어 본 적 없는 극통이었다. 한 10분이 지나고 사그라지긴 했지만 그로부터 한 시간 후 길을 걷던 나는 한쪽 다리에 힘이 풀리면서 걷지 못했다. 믿기 어렵지만 정말 걷고 싶어도 다리에 힘이 들어가지 않았다. 계단이 없는데 계단을 내려가는 퍼포먼스를 해야 하는 개그맨이 된 기분이랄까. 요상한 의미에서 구름 위를 걷는 기분이 들기도 했다. 너무 비현실적이라 헛웃음이 나왔다.

처음엔 병원에 갈 생각도 하지 않았다. 그냥 누군가를 만나느라 긴장한 탓에 그런 거라 치부했다. 말 그대로 긴장이 풀릴 때 '다리가 풀렸다'라는 표현을 쓰니까. 하지만 그 상황을 곱씹을수록, 인터넷에 그

증상이 나타나는 질병을 검색할수록 그저 단순히 넘길 일이 아닐 수도 있겠다는 불안이 스몄다.

일주일 뒤 병원에 가서 MRI와 MRA 검사를 거쳤고(시야가 꽉 막힌 자기공명영상장치에 들어갔을 때 토끼굴에 들어간 앨리스가 된 기분이었다) 금방 검사 결과가 나왔다. 나는 진료실 의자에 앉아 의사가 보여 주는 MRA 촬영 영상을 유심히 살폈다. 희멀건 향로의 연기처럼 가느다랗게 피어오른 동맥들이 보였는데, 그 위를 누가 작정하고 시커멓게 덧칠한 것처럼 중간에 동맥이 사라진 구간이 있었다. 박명이 오기 전 밤의 풍경처럼, 스산했다.

의사는 영상 자료를 보더니 본인 소견으로는 혈관이 막힌 상태가 꽤 오래 지속되어 온 것 같다고 했다. 그는 진단서에다 '좌측 경동맥 폐쇄 및 협착'과 '일과성 뇌허혈증'이라는 병명을 친절하게 써 주었다. 죽을병인지 아닌지는 물어보지 않았다. 어느 쪽이든 건강하단 얘기는 아니었으므로 별 의미가 없다고 판단했다. 의사는 별다른 약물 치료는 필요 없지만 증상의 진행 여부를 확인할 필요가 있다면서 2년 뒤에 재검사를 받아 보라고 권했다. 술과 담배, 트랜스 지방을 멀리하고 식단을 관리하라는 경고성 조언도 덧붙였다.

진료를 끝낸 뒤에도 발병 원인을 찾기 위한 심화 검사를 추가로 진행했다. 하루 종일 소변을 받아야 하는 24시간 소변 채취 검사까지 마쳤지만 고혈압, 당뇨, 고지혈증 등은 모두 정상이었고 뚜렷한 원인을 찾을 수 없었다. 그렇다면 나의 경동맥은 언제부터 왜, 어떻게 막혀 있었던 걸까.

남들이 흔하게 겪는 두통도 내게는 아주 드물게 나타났고 오래 걸으면 다음 날 근육통이 생기거나, 자다가 쥐가 나거나 하는 지극히 예사로운 상황만 있었다. 말했다시피 이렇다 할 증상이 없었기에 겉으로는 아무런 문제 없이 지냈다. 하지만 젊은 층에서도 급성 뇌졸중이 발병하면 응급실에 실려 가기도 전에 유명을 달리할 수 있다는 걸 알았기에, 그런 일이 내게 벌어지지 않으리란 법이 없었기에, 그날부터 삶에 대한 미련의 끈이 조금씩 느슨해지기 시작했다.

예전에는 나와 연결된 모든 것들이 팽팽하게 잡아당겨져 어떤 일을 시작하는 것 자체가 크고 작은 스트레스로 다가왔다면, 지금은 그냥 그러려니 하게 된 것이다. 물론 진단을 받을 당시엔 당혹스럽기도 하고 약간은 억울한 감정이 일었지만 언제든 죽을 수 있다고 생각하니 되레 마음이 평온해지는 모순이 생겼다. 허무주의와 긍정이 묘하게 어우러진 삶의 태도라고 해야 할까.

물론 그건 위험한 긍정이었다. 지금 당장 죽어도 내겐 좋은 핑곗거리가 생긴 셈이었으니까. 그깟 한 번의 삶도 제대로 못 살아서 혹은, 약해 빠져서 죽었다는 소리를 죽고 나서 듣지 않아도 되니까. 병 때문에 자살했다고 하면 적어도 이해는 해 주겠지. 이해하든 말든 상관없지만.

어찌 되었든 그가 말하는 '보여 줄 것'이란 게 뭔지 지극히 무구한 마음에서 궁금해졌다.

"그래, 갈게."

나는 선선히 대답했다.

한동안 타지 않았던 차에 기름을 넣고 그가 보내준 주소지로 향했다. 아직은 해가 저물기 전이었다. 신나게 자전거 페달을 밟는 어린아이처럼, 나는 설레는 마음으로 가속페달을 밟았다. 얼마 안 가, 한쪽 벽면에 새 그림이 그려진 아파트가 보이기 시작했다. 베란다에서 빨래를 걷는 사람의 형상이 보일 정도로 가까워졌을 때 문득, 이게 잘하는 짓인가 하는 의문이 들었다.

나는 그동안 유상의 소식을 간접으로도 들은 적이 없었다. 그에 관해선 아는 것도 전무했다. 그가 여전히 중학생의 모습이리라 생각하고 만나려 했다면 정말 위험한 생각이 아닌가 싶었다. 유상이 지금껏 따돌림을 당하고 있는 것도 아닐 텐데 거절하는 게 맞지 않았을까. 왜 이제 와서 그런 생각이 드는지 어이가 없었다. 그냥 차를 돌릴까.

일단 근처 고등학교 옆 골목에다 차를 세웠다. 지금 들어가면 약속 시간에 딱 맞춰 도착할 수 있겠지만 나는 약속이 없는 사람처럼 운전석에 가만히 앉아 있었다. 오랜만에 동창을 만난다는 애매한 긴장감이 싫어 시동을 끄고 헤드폰을 머리에 얹었다. 〈4월, 파리에서(En Avril, à Paris)〉라는 제목의 피아노곡이 나와 약속한 게 마치 자신이라는 듯 흘러나왔다. 딱히 장르를 가리진 않아도 최근에는 심신 안정에 도움이 되는 클래식을 듣는 게 좋았다. 이 곡은 수혜의 권유로 듣게 되었는데 원래는 샹송인 걸 피아니스트 알렉시 바이센베르크(Alexis Weissenberg)가 피아노곡으로 편곡하면서 다른 연주자들도 그 곡을 연주했다.

여러 편곡 중에서도 나는 마르크-앙드레 아믈랭이 연주하는 곡을 가장 좋아했다. 그가 연주하는 〈우아한 유령〉도 이 곡 못지않게 좋아했다. 두 곡 모두 음악이 끝난 뒤에도 머릿속에서 울릴 정도로 쉴 새 없이 들었다. 그래도 질리지 않는 아름다운 곡이었다. 어느새 약속도 잊고 서서히 운전석 밑으로 감겨들었다. 연주자의 손가락이 피아노 건반에 닿을 때마다 부드러운 디저트처럼 음이 녹아내렸다. 요즘은 아침에 눈 뜨는 것이 썩 유쾌하지 않아 잠에서 깨면 헤드폰부터 머리에 얹는 게 습관이 되었다.

같은 음악이 세 번째로 재생되었을 때, 배가 출출해졌다. 조수석을 보니 그저께 동네 마트에서 사 놓고 깜박한 비닐봉지가 구겨진 채 놓여 있었다. 손을 넣어 휘적거리다 갈변한 바나나 한 송이를 발견했다. 바나나를 싼 투명 비닐을 뜯어 한 개를 뜯어내고 껍질을 벗겨 한 입 물었다. 다행히 적당히 반점이 생긴 상태라 그렇게 달거나 무르지 않았다.

그로부터 한 시간이 지났으나 유상은 전화를 걸어오지 않았다. 내가 마음을 고쳐먹고 안 갈 수도 있다는 걸 이미 염두에 두고 전화를 걸었을지 몰랐다. 예전 성격을 떠올려 보면 그다운 대처였다. 그는 무얼 하든 간에 섣불리 확신하지 않았다.

늦었어, 미안. 초인종을 누르고 그렇게 말할 작정이었는데 그럴 필요가 없었다. 발치에 도어스토퍼가 고정된 채 문이 살짝 열려 있었다. 혹시나 해서 903호가 맞는지 확인하고 잠시 서성이다 도어스토퍼를 올리고 문틈을 더 벌렸다. 무슨 공사장 흙냄새 같은 향수 냄새가 코에 잠깐 스몄다 사라졌다.

'보여 줄 게 있어서.'

엄밀히 말해 나는 그 말 때문에 이곳에 온 것이었다. 등 뒤에서 현관문이 저절로 닫혔다. 나는 발아래를 보았다. 현관에 신발이 하나도 없었다. 고개를 들어 사방을 둘러보아도 집 안에 가구라든지 물건이 하나도 없었다.

정말 하나도.

잘못 찾아왔나? 아니면 오늘 이사를 가는 건가? 설마 이삿짐 옮기는 걸 도와 달라고 부른 건 아닐 테고. 방금 말했듯 이 집엔 아무것도 없으니 옮길 것도 없다. 기본 골조를 덮은 하얀 벽체만 남은 아파트 안은 휑하다 못해 순결해 보이기까지 했다. 의심의 눈초리를 곳곳으로 남발하며 집 안으로 첫발을 들인 나는 부동산에서 온 중개인처럼 이곳저곳을 살펴봤다. 하지만 시력 검사표보다 볼 게 없었다.

"유상아, 나 왔어."

응답은 없었다. 슬그머니 불안감이 싹텄다. 혹시 그 시절 도와주지 않은 나에게 복수하려고 부른 거라면? 왜 진작 그 생각을 못 했을까. 이 집에 온 것을 후회하려던 찰나, 구석 안방에서 누군가의 기척이 느껴졌다. 나는 경계하며 조심스레 다가가 활짝 열어 놓은 방문 앞에 멈추었다. 어떤 남자 아니, '반드시 유상이어야 하는' 남자가 방 안에 우두커니 서 있었다. 무언가를 하염없이 바라보고 있어 내 쪽에선 뒤태만 보였다. 이 집에 들어올 때부터 계속 이상하다 싶었는데 방 안도 텅 빈 상태인 걸 보니 더더욱 기묘해졌다. 도대체 이 집엔 왜 아무것도 없는 거지? 여기 사는 게 맞나?

 문턱을 넘어 안으로 들어서니 방에 하나 터놓은 창문에서 햇빛을 가득 머금은 바람이 조수처럼 밀려들었다 사그라졌다. 내가 그걸 발견한 건 그때였다.

 구멍.

 아주, 아주, 아주 시커먼 구멍이었다. 무슨 발판 같기도 했다. 그게 한쪽 구석 방바닥에 붙어 있었다. 지름은 50센티가량, 높이는 0에 가까웠다. 아니, 바닥보다 더 낮아 보였다.

"왔구나."

내가 구멍을 발견함과 동시에 유상이 나를 돌아보며 반색했다. 구멍이 우리를 잇는 매개체라도 되는 듯 완벽한 타이밍이었다.

"늦었어. 미안."

조금은 변했을지도 모르지만 유상은 내가 보기에 그다지 달라진 점이 없었다. 얼굴에 있던 홍조가 사라지고 살이 많이 빠져 정상 체중이 되었고 두꺼운 안경을 벗은 게(렌즈를 낀 걸까, 시력 교정 수술을 받은 걸까) 변화라면 변화였지만 신기하게도 이목구비는 그대로여서 보자마자 동일인임을 확신할 수 있었다.

나는 다시 구멍에 눈길을 주었다. 혹시나 (경동맥이 막힌) 내 눈에만 보일 가능성도 있어 쉽게 말을 꺼내기는 힘들었다.

"커피를 주고 싶은데 보다시피 남아 있는 게 없어서. 잠깐만, 물이라도 줄게."

고개를 끄덕이면서 방바닥이 몹시 차갑다고 생각했다. 금방 유상이 생수병 하나를 들고 나타났다. 갈증이 났던 나는 그걸 받자마자 한 번에 다 마셔 버렸다. 집 안에 식물이 하나도 없다 보니 몹시 건조한 하얀 사막 같았다.

이사라도 가? 집에 왜 아무것도 없어? 여기 너희 집 맞아? 그 얘기를 하고 싶었는데 그가 선수를 쳤다.

"어딘가 이상하지? 잠깐 앉을래?"

찬 바닥이라 거절하고 싶었지만 사정이 궁금했던 나는 군말 없이 앉았다.

"집이 왜 이렇게 횅해?"

"아, 그럴 일이 좀 있었어. 혼자 살기도 하고."

"그런 얘기가 아닌 거 알잖아."

"어, 그렇지."

유상은 바닥에 내려놓은 생수병 라벨을 한동안 주시하다 졸업하고 나서의 일들을 차근차근 털어놓기 시작했다. 유상은 중학교 때 따돌림을 겪고 나서 평생 지울 수 없는 상처를 입었다고 말문을 열었다. 성인이 되어서도 사회가 자신을 대하는 시선은 전혀 달라지지 않았고 좁은 취업문을 어렵게 뚫고 들어간 회사에서도 동기들이 아무 이유 없이 자신을 따돌렸다고 했다.

주동자는 입사 첫날 화장실에서 손을 씻고 있는 유상의 외모를 스윽 스캔하던 남자 신입 사원이었다. 그와 동기들은 점심을 따로 먹었고 바쁘다는 핑계로 까다롭고 복잡한 업무를 유상에게 떠맡겼다고 했다. 어렵게 대학을 졸업한 뒤 방사선사 아르바이트를 하며 밤낮으로 자격증 시험공부에 매진해 장래가 유망한 IT회사에 취업했는데 일의 성취를 맛보기도 전에 그런 대우를 받은 것이다. 유상이 낙심한 것이 이해되었다.

"인사팀에 얘기 안 했어?"

나도 모르게 추궁하는 듯한 말투가 나왔다. 따돌림이라는 건 뉴스 기사에서만 접해 본 제삼자의 우월감으로 받아들였을지도 모른다. 하지만 따로 사과하지는 않았다.

"회사가 싫었던 건 아니니까. 취업한 게 아깝기도 했고."

"그래, 이해해."

"아니, 괜찮아. 이제 그런 건 상관없어."

"응?"

유상의 눈이 다시 반짝거려 나는 조금 긴장했다.

"이 얘기를 꺼낸 건 지금부터 내가 할 일에 대한 근거를 말하고 싶어서였어."

"근거?"

"저 구멍 보여?"

마침내 그의 입에서 '구멍'이란 말이 나왔고 나는 내가 정상이라는 걸 알고 안도했다. 한데 마냥 좋아할 수만은 없었다. 그가 비정상이라 구멍이 보이는 걸 수도 있으니까.

"보여 줄 거라는 게…."

나는 의문을 한가득 껴안고 유상과 그 구멍을 갈마보았다.

"잘 봐."

유상이 빈 생수병을 가져가더니 느닷없이 구멍에다 던졌다. 생수병은 눈앞에서 흔적도 없이 사라졌다. 구멍으로 들어가는 찰나의 모습도 볼 수 없을 만큼 순식간이었다. 유상이 뒤로 숨겼나 싶어 그의 주변을 살펴보았지만 어디에도 생수병은 없었다. 너무 급작스럽게 판타지 같은 일이 벌어져서 적나라한 표정을 숨길 여유도 없었다.

"저 생수병이 마지막이야. 그동안 집 안에 있는 걸 전부 집어넣었는데 어디로 갔는지는 도무지 알 수가 없어."

"뭐라고?"

이 집에 물건이 하나도 없는 이유를 그제야 알게 되었다.

"얼마 전에 서랍을 옮기다 우연히 발견했어. 처음엔 너무 신기해서 어디에 제보라도 할까 싶었는데 그냥 혼자 알고 있는 게 낫겠다 싶더라고."

"그럼 나한테는 왜…."

"그게 실은, 내가 저기 들어갈 예정이거든."

"뭐?"

"넌 잘 모르겠지만 그동안 저 속이 궁금해서 미쳐 버릴 뻔한 적이 한두 번이 아니야. 지금까지 참고 참다가 도저히 안 돼서 널 불렀어. 너라면 이해해 줄 것 같았거든."

"야 잠깐만. 설마, 네가 들어가는 걸 봐 달라는 건 아니지?"

"아니, 네가 저걸 가져갔으면 해."

"뭐? 내가 왜 저걸…."

나는 몇 번이나 같은 말을 되풀이했다. 이런 상황에서 언어는 의문 형태로밖에 나오지 않았다.

"학교 다닐 때 나한테 유일하게 잘해 준 게 너잖아. 보답하고 싶었어. 가지고 가서 어떤 용도로 쓰든 난 상관없어. 어쩌면 죽는 것보다 나을지도 몰라."

"대체 무슨 소릴 하는 거야. 난 이런 거 필요 없어."

"저 세계에서 진짜 내 존재가 뭔지 확인해 보고 싶어. 너도 꼭 자신을 되찾길 바라."

대답할 새도 없이, 그가 구멍 속으로 뛰어들었다.

순식간에 일어난 일이었다. 갑자기 위에서 사냥용 그물이 떨어져 온몸이 얽매인 짐승처럼 나는 비명도 지르지 못하고 그것에게 포획당했다. 구멍 앞에 무릎을 꿇은 자세로 10분가량을 망연히 흘려보냈다. 동창이 사라졌다. 다름 아닌 내 눈앞에서. 근데 내가 할 수 있는 일은 아무것도 없었다.

어느 순간에 정신을 차려야 한다는 목소리가 당장이라도 검은 마수를 뻗칠 것 같은 구멍 한가운데서 들려왔다. 너 지금 뭐 하는 거야, 빨리 돌아가. 괜한 의심 받기 전에. 그리고 보니 혼자 사는 남자가 실종되었다는 소문이 퍼지면 관리인이나 집주인이 와서 확인해 볼 것이다. 그렇게 되면 아파트 주민 중 한둘은 아파트를 오가는 나를 목격했다며 증언할 수도 있다. 어차피 지금 바로 나간다 해도 의심은 피할 수 없겠지만.

나는 충격에서 벗어나 잠시 진정을 취한 뒤 아파트를 빠져나왔다. 아니, 원래는 그랬어야 했다. 근데 방을 나서기 전 유상이 한 말이 뒷덜미를 움켜잡았다.

'네가 저걸 가져갔으면 해.'

뒤돌아보니 구멍이 나를 빤히 올려다보고 있었다. 구멍인지 블랙홀인지(블랙홀은 실제로 검은색이 아니며 온도가 있고 빛까지 내뿜는다고 알고 있지만) 그 정체는 알 길이 없지만 여하튼 아랫집에 유상이 떨어진 게 아니라면, 저건 세상에 존재해선 안 될 위험천만한 미확인 물체가 틀림없었다. 그래, 혹시 모르니 아랫집에 가서 한번 확인해 보자. 의심을 받더라도 내 두 눈으로 확인하지 않으면 도저히 이 사태를 믿기 힘들 것 같았다.

한 층을 내려가 아랫집 벨을 눌렀더니 푸르죽죽한 안색에 반바지 차림인 주인아저씨가 슬리퍼를 지르밟고 문을 열었다. 이웃집에서 왔는데 혹시 방 천장에서 뭐가 떨어진 게 없느냐고 대놓고 묻자 아저씨는 낮잠 깨워 놓고 무슨 헛소리냐는 얼굴로 쳐다보았다. 그리고 파리 쫓듯 손을 휘휘 저으며 문을 닫았다. 혹시나 창밖으로 뛰어내린 걸 내가 잘못 본 건가 싶어 돌아가면서 바깥을 확인해 봤지만 아파트 땅바닥에 떨어져 죽은 사람은 어디에도 없었다.

다시 유상의 집으로 돌아와 몇 분간 그걸 가만히 쳐다보았다. 마치 분리된 내 신체 일부라도 되는 양 유실하면 큰일이 날 것 같았다. 구멍을 가져간다는 게 말이 안 되는 일이란 걸 알면서 나는 대체 무슨 생각이었는지 아파트 복도로 슬그머니 나와 구멍을 넣을 수 있을 만한 크기의 박스 따위를 찾았다. 맨손으로 들고 갈 순 없어서였다. 마침맞게 맨 끝 집 현관문 앞에 놓여 있는 피자 박스를 발견했다. 안에 있는 엠보싱 속지를 버리고 박스만 가져왔다.

머리로는 이게 가당키나 한 일인가 생각하면서도 나는 박스를 들고 구멍 앞에 섰다. 그걸 피자 박스에 담는 건 생각보다 훨씬 쉬웠다. 그냥 위에다 덮었을 뿐인데 구멍이 그 크기만큼 줄어들었다. 분명 생수병처럼 사라졌어야 맞는데. 믿기지 않아 피자 박스를 열어 확인했더니 구멍이 꼭 맞게 들어가 있었다. 가변성이 있을 거라곤 생각지도 않았는데. 윤회를 거듭한들 이런 경험을 할 수 있을까. 이런 말도 안 되는 일을 겪게 될 줄이야. 잠시나마 유상에게 고마운 마음이 들었다. 여전히 내게 복수한다는 의심은 사라지지 않았지만.

차에 올라타 피자 박스를 조수석에 두고 어느새 주차된 차들로 빽빽해진 골목을 빠져나갔다. 4차선 고가도로 위를 달리자 화미한 노을에 휩싸인 유상의 아파트가 점점이 멀어졌고, 나는 유상이 구멍에 빠지자마자 어떻게 되었고 어디쯤 도착했으며, 또 무얼 하며 배회 중인지 궁금해졌다. 그 끝이 죽음만은 아니길 바라면서.

●

유상이 눈을 떴을 때 주변은 온통 수풀로 가득했다. 대낮에 이런 데 누워 있는 자신이 이해되지 않아 몸을 일으키려 했지만 아무리 해도 몸을 움직일 수 없었다. 끙끙대며 고개만 간신히 들어 올려 앞을 내다봤는데 백팩을 메고 선 두 명의 남학생이 보였다.

이렇게 널브러진 유상은 보이지도 않는지 희희낙락 신나 보이기까지 했다. 쟤네가 날 여기로 데려왔나? 그럴 리가. 아무런 기억이 없는데. 유상의 마지막 기억은 자신의 방에서 유소와 만났고 급작스레 구멍으로 뛰어든 것이었다.

 사실 계획적인 건 아니었다. 아예 없었던 계획도 아니지만 그렇다고 오늘 실행해야겠다고 마음먹은 것도 아니었다. 갈팡질팡하던 차에 유소를 만났고 전에 없던 자신감이 생겼을 뿐이다. 본인 스스로 납득하기 힘들 만큼 어마어마한 기운이 온몸에서 뿜어져 나오는 것 같았다.

 어찌 되었든 이렇게 되어 버렸고 이제는 자신의 선택에 책임을 져야 했다. 하지만 유상의 예상과 달리 구멍 속 세계는 너무도 평범하고 현실과 별반 차이가 없어 보였다. 엄청난 실망감이 몰려왔다. 고작 여기 오려고 뒷일을 알 수 없는 구멍에 뛰어들었다니 난 그동안 뭘 기대했던 거지? 그 거지 같은 인생에서 유일한 구원이라고 생각했던 구멍이 이렇게 초라한 세계였다니 비참하기 짝이 없었다.

다리 쪽이 갑자기 스윽 당겨진 건 그때였다. 당황한 유상이 끌려가지 않으려 다리를 붙잡았지만 고등학생으로 보이는 놈들은 사정없이 그를 끌고 가기 시작했다. 유상은 그만하라고 소리를 내질렀지만 그들에겐 전혀 들리지 않는 모양이었다.

공포와 혼란으로 얼굴이 일그러지던 그때 옆에서 웬 인기척이 느껴졌다. 돌아보니 어떤 남자가 자신처럼 끌려가고 있었다. 그들은 놀란 얼굴로 서로를 바라보았다.

"하, 또야."

그 남자는 질린다는 듯 유상을 흘겨보았다. 유상은 도무지 이 상황이 이해되지 않았다.

"누, 누구시죠?"

"보면 몰라? 그림자잖아?"

"그림자라니, 누가…."

성격이 급한 남자는 유상의 말은 듣지도 않고 떠들어 댔다.

"거참 답답하네. 그쪽도 죽으려다가 여기로 빠진 거 아냐? 나도 숲에 죽으러 갔다가 이 구멍에 빠진 거야. 일어나 보니 이렇게 돼 있었고."

"무슨 소리예요. 이 구멍은⋯."

"충고하는데, 그냥 빨리 인정하는 게 좋아. 어차피 여기서 못 벗어나니까. 전에 있던 애도 그걸 못해서 고통 속에 죽어 갔거든."

"네? 대체 무슨 얘긴지."

"그러니까! 네 존재를 받아들이지 못하면 힘들어진단 소리야. 물리적 충격을 그대로 흡수하게 되니까. 뭐 그래도 모르겠다면야, 직접 경험해 보는 수밖에."

"이해가 안 돼요. 난 사람이고, 그림자가 될 생각은 꿈에도⋯."

그때였다. 갑자기 퍽, 하는 충격과 함께 온몸에 극심한 통증이 전해졌다. 눈앞을 보니 그들이 신나게 뛰어가고 있었다. 돌에 부딪힌 등이 너무 고통스러워 입술이 바들바들 떨려 왔다. 그러나 유상의 비명은 그들의 웃는 소리에 영원히 묻혀 버렸다.

"왜 안 오는 거지? 지금쯤 우릴 구조할 배가 왔어야 하는데⋯."

"배가 오면 뭘 해. 우릴 보지도 못하고 가 버리는데."

"다음 배가 오면 그땐 어떻게든 붙잡아야 해."

"이게 뭐야. 네가 이 사람은 책을 한 번에 쭉 읽는다고 했잖아?"

"그랬어. 저번에도 세 시간 만에 한 권 끝냈는데."

"근데 왜 안 읽는 건데?"

"잠깐 전화 받으러 간 거 아닐까?"

"역시 네 말만 믿고 이 책으로 넘어오는 게 아니었어."

"조금만 더 기다려 보자. 이 사람은 지금껏 날 배신한 적이 없었⋯."

"저길 봐! 풍랑이 오고 있어!"

"뭐? 말도 안 돼. 책에선 분명 잔잔한 바다라고⋯."

"이제 어떡해!"

"아, 미치겠네! 왜 하필 이 시점에 중단한 거야!"

"수, 숨을 못 쉬겠어!"

"조금만 더 버텨! 곧 돌아올 거야!"

2

끼이이익.

조수석에 박스를 두고 집으로 향하던 중 갑자기 어떤 초자연적 자각에 차를 멈추었다. 어떤 끊이지 않는 이명이 운전하는 내내 머릿속을 헤집었다. 교량 위였다. 하늘엔 먹구름이 잔뜩 끼어 있었다. 다행히 대로는 비어 있었지만 나는 다시 운전대를 잡을 수 없었다. 자꾸만 말도 안 되는 어떤 '확신'이 전두엽을 뚫고 밀려 나왔기 때문이다. 그 확신을 억지로 틀어막으려니 머리에 쥐가 날 듯했다. 느닷없이 어젯밤 잠들기 전에 본 책 속의 주인공들이 내가 독서를 중단하는 바람에 바다에 빠져 죽었다는 확신이 들었던 것이다. 내가 익사하는 그들을 바로 옆에서 목도한 것 같은 전례 없는 확신이었다. 반향정위 능력을 이용해 자신과 상대의 위치를 파악하는 고래나 박쥐가 된 것처럼 말이다.

  그들의 세계가 존재하는지조차 모르는데 그들이 무슨 일을 당했는지 나는 대체 어떻게 아는 걸까. 그들은 바다에서 조난되었고 내가 계속 책을 읽기를 바랐지만 나는 잠이 쏟아져 다음 페이지로 넘기지 못했다.

  나는 황급히 뒷좌석에 던져 놓은 백팩을 뒤져 책을 꺼낸 뒤 앞날개를 끼워 둔 페이지를 열어 다음 장으로 넘겼다. 진짜 순찰선은 바로 다음 페이지에 등장했다. 실제로 벌어진 일이 아니겠지만(벌어진 일이었다), 절대 아니어야 하지만(맞았다), 자꾸만 그들의 절망적인 목소리가 들리는 듯했다.

  바로 그때, 또 한 번 비슷한 자각이 스쳤다. 내가 방금 책을 펼쳤을 때 새로운 타자들(정민과 현수 역)이 등장해 순찰선을 만나 구조되었다는 것. 일평생 느껴

본 적 없는 지묘한 감각이었다. 저쪽 세계의 도미노가 쓰러지기 시작하면 곧바로 연결된 이쪽 세계의 도미노가 쓰러지며 실시간으로 내 머릿속에서 차임벨을 울리는 듯했다.

극심한 두통과 현기증은 좀처럼 멎지 않았다. 뇌 속을 드릴로 파 버리고 싶었다. 나는 머리카락 사이로 열 손가락을 쑤셔 넣고 한껏 움켜쥐었다. 그리고 조용히 이 두통을 동반한 망상이 끝나길 기다렸다. 아니, 망상이라면 이런 확신을 가질 수 있을 리가 없었다. 고개가 절로 조수석으로 뻗어졌다. 브랜드 이름이 박힌 빨간 피자 박스, 그리고 그 속의 원흉. 색은 그 깊이를 잴 수 없는 반타블랙에 가까워 쳐다보기만 해도 눈이 아려 오는, 아주 지독하게 시커먼 원흉이 거기에 있었다.

한 손으로 두피를 지압하며 피자 박스를 들고 차에서 내렸다. 대로 옆 인도 바닥에 박스를 놓고 한참을 부동자세로 서 있었다. 구멍에도 무게라는 게 있는지 바람이 제법 세게 부는데도 종이 쪼가리로 만든 피자 박스는 무서울 정도로 조금의 흔들림도 보이지 않았다. 주머니에서 진동이 울린 건 그때였다. 문자가 도착했다.

'그것은 입구이자 출구다.'

뜬금없는 문구였다. 입구이자 출구? 이런 걸 누가…. 나는 무언가 단단히 잘못한 사람처럼 연신 주변을 두리번거렸다. 차도 사람도 없었다. 한동안 발신 번호도 없는 그 문자를 들여다보았다. 말 그대로 불가해한 상황이라 이해해 보려는 의욕도 생기지 않았다. 멍한 상태로 그 자리에 쭈그리고 앉아 피자 박스를 열었다. 무게를 알 수 없는 시커먼 구멍은 여전히 그곳에 있었다.

빨려 들 듯 멍하니 구멍을 보고 있던 나는 차 안에서 갈변한 바나나 한 개를 가져와 그 속으로 던져 보았다. 내가 잊어버리고 며칠 방치했던 바나나가 고유상처럼 증발했다. 아니면 원래 없었던 걸지도 몰랐다. 그건 아무도 모를 일이다. 금세 고유상이 집을 그렇게 만든 이유를 납득했다. 내 손에 있던 물건이 한

순간에 사라지는 걸 지켜보는 행위는 꽤 중독성이 있었다.

한참을 그 놀이에 빠져 차 안에 있던 물건을 죄다 집어넣고 있는데 멀리서 청색 계열의 라이딩 복장을 한 아저씨가 자전거를 타고 오는 게 보였다. 나는 가드레일에 등을 기대고 서서 아저씨가 지나가길 기다렸다. 아저씨가 지나가며 내 손에 든 소설책과 피자 박스를 할긋거렸다. 나는 아저씨가 지나가자마자 나를 죄책감에 빠뜨린 그 책을 구멍 속으로 던져 넣었다. 더 이상 읽기가 불가능한 책이었다.

웬만한 물건은 다 집어넣었는데도 좀처럼 구멍에서 눈을 뗄 수 없었다. 오래 쳐다보면 빨려 들 것처럼 온몸이 쪼그라드는데도 이제는 물건이 아니라 나 자신이 저기에 들어가고 싶다는 충동이 일었다. 분명 고유상도 그랬을 것이다.

'그것은 입구이자 출구다.'

차디찬 강바람을 맞으며 하릴없이 그 문구를 곱씹었다. 그래, 구멍은 들어가면 입구가 되고 나오면 출구가 되니까 들어갈 수만 있는 게 아니다. 그럼 고유상은 그걸 모르고 나한테 이걸 준 건가. 아니면 알고서 아예 출구를 차단한 건가.

잠시 후 내 다리가 허공에서 흔들리고 있었다. 허공 아래엔 구멍이 있었다. 다리를 내렸다가 올리는 걸 10분 넘게 반복하는 중이었다. 어차피 나는 언제 죽을지 모르는 데다 사는 데 별 미련이 없었다. 돌아올 수 없다 해도 큰 후회가 들 것 같지 않았다. 한쪽 경동맥이 오래전에 막힌 것처럼 내 삶도 오래전부터 무언가에 가로막혀 순탄하게 흘러가지 않았다. 원하는 대로 되기보다 막다른 길에 놓인 적이 더 많았다.

'무슨 일이 생기면 들어가서 출구인 구멍을 찾는다. 그러면 된다.'

출구라는 건 당연히 현실로 돌아온다는 의미이리라. 고유상도 들어가고 싶은 걸 참고 참다가 들어간 것이었다. 구멍을 본 사람은 그게 누가 되었든 구멍으로 들어가지 않고서는 버틸 수 없는 것이다. 구멍의 정체가 궁금해서 견딜 수가 없는 것이다. 자꾸만 구멍에 들어가려는 나를 합리화하려 애쓰는 기분이 들었다. 이런 기분이 드는 것마저 구멍이 다 꾸민 짓일까. 대체 이 안엔 뭐가 있는 거지. 왜 고유상에게 이런 걸 주었을까. 고유상의 삶이 안타까워서? 그렇다면 내 눈에도 진작 이 구멍이 보였어야 했다.

　출구를 찾으면 된다. 두 다리가 구멍 위에 있었다.

2부

3

처음에는 아무것도 느껴지지 않았다. 암흑 물질 속을 떠도는 듯한 환각을 예상했는데 우주보단 차라리 심해에 가까웠다. 몸뚱어리가 구멍 속으로 흡수되는 순간 바닥이 없는 어둠으로 무참하게 떨어지는 듯했고 냉하고 미끈거리는, 이 작업에 숙련된 무기질 같은 물질들이 내 몸 주변으로 몰려드는 감각을 느꼈다. 횡단과 낙하를 컴퓨터 연산법처럼 수없이 반복하는 듯했지만 내 몸이 어디로도 이동된다는 느낌이 들지 않았다. 하나의 픽셀처럼 아주 좁은 범위 내에서 이루어졌다.

너무 어지러워서 몇 번 구토를 한 것도 같다. 물론 토사물이 어디로 갔는지 알 수 없었기에 실제인지 아닌지는 알 수 없었다. 나는 제자리에서 허우적거리며 시각이 퇴화해서 앞을 보진 못하지만 스스로는 빛을 발하는 심해어를 떠올렸다. 몸을 욱여넣어야 할 정도로 좁은 상자에 갇힌 마술사의 조수를 떠올리기도 했다. 마술사가 나를 구해 줄 것이라는 믿음이 전혀 없다는 게 차이라면 차이였다.

그런 와중에도 내 몸은 환형동물처럼 사방으로 늘어나고 있었다. 한순간 내 몸이 폭발하듯 다른 세상으로 분출되었고 단숨에 어딘가로 휙 날아올랐다. 엔도르핀이 마구 치솟고 미칠 것 같은 카타르시스가 무한 반복되었다. 그 뒤로는 또다시 횡단과 낙하 과정이 이어졌다. 무슨 일이 벌어지는지 전혀 알 수 없었으나 스릴러 영화의 점프 컷처럼 기억이 통째로 삭제되진 않았다. 설명하자니 오래 걸린 것 같지만 나는 이 모든 걸 '한 호흡'에 느꼈다.

그러고 나서 나는 방금 서 있던 교량 위에 있었다.

구멍이 있던 자리에 엎드린 채로. 나는 열린 피자 박스 위에 엎어져 있던 몸을 일으켜 상태를 살폈다. 옷은 그대로였고 얼굴과 몸길이도 그대로였다. 머리카락이 없어지거나 길어지지도 않았다. 신발, 갈색 운동화. 맞다. 눈앞의 세상도 내가 아는 현실 세계다. 구멍 속인데도 전혀 달라진 게 없었다. 의아해하며 피자 박스를 봤지만 거기엔 구멍이 없었다. 그렇다는 건 내가 구멍 속으로 들어왔다는 걸 의미했다. 그게 아니라면 구멍은 내 우뇌가 만들어 낸 허상일 가능성이 높았다. 하지만 고유상은 나와 같은 증상을 가진 환자가 아니었다.

왜 하필 고유상은 내게 연락했을까. 왜 구멍을 전달했을까. 어떤 운명을 감지한 것처럼. 의심을 가득 안고 땅에 발을 디뎠다. 다행히 밑으로 꺼지지 않았다. 금방 지진을 겪은 사람처럼 극도로 조심하며 걸어가 차 문을 열었다. 안에는 아무도 없었다. 운전석으로 들어가 문을 닫았다. 차 키를 돌리자 무리 없이 시동이 걸렸다. 그때까지도 경계를 늦추지 않았다.

집으로 운전하면서도 창밖을 유심히 살폈는데 허무할 정도로 평소와 다름없는 세상이 펼쳐졌다. 구멍은 말 그대로 어딘가로 들어가는 통로였을 뿐, 안은 텅 비어 있고 별 기능이 없는지도 몰랐다. 현실도피에 목마른 인간들이 새로운 세계로의 염원을 멋대로 담았을 뿐.

혹시나 해서 집으로 돌아와 구멍이 있는지부터 살폈지만 집 안 어디에도 구멍은 없었다. 내가 구멍 속에 있다는 걸 확인해 줄 증거는 구멍의 부재 사실뿐이었다. 낯선 기분으로 침대에 앉았다. 불과 몇 시간 전에 썼던 침대의 감촉이 다르게 느껴졌다. 그와 별개로 몸은 지쳤는지 그동안 쌓인 피로감이 몰려왔다.

그대로 침대에 드러누워 가만히 천장을 바라보았다. 갑자기 눈앞이 핑 돌더니 천장이 시계 반대 방향으로 돌기 시작했고 으슬으슬 한기가 느껴지며 극심한 공포감이 가슴을 짓눌렀다. 몇 톤 무게의 주민들이 돌아다니고 육중한 가구들이 층마다 버티고 있을 3층 천장의 무게감을 이토록 극렬히 느껴 본 적이 있었을까. 무서워서 몸을 모로 돌려 이불을 끌어다 덮었다. 공포의 원천이 더 이상 들어오지 못하도록 온몸을 봉쇄했다. 이건 필시 구멍에 들어간 후유증일 것이다. 진짜 겪은 일이어도 문제였고 내 환상이어도 문제였다. 감은 눈 속에서 모종의 별들이 무질서하게 나타나 빛을 뿌리고 사라졌다. 눈알이 뻑뻑하고 아팠다. 그런 통각을 느끼다 잠에 들었다.

다음 날 아침에 깼을 때 내 주위에는 여전히 공포의 자락이 기웃대고 있었다. 공기가 차가웠다(내 방에서는 겪어 본 적 없는 냉랭한 기운이었다). 저 멀리 밖에서는 공사 중인지 드릴 소리가 아련하게 들려왔다. 나는 드릴이 내 머리를 뚫는 상상을 하며 몸을 일으켜 앉았다. 전류가 흐르듯이 뒷골이 저릿했다. 어제 너무 무리를 해서일까. 현실감각을 되찾는 데 시간이 꽤 걸렸다. 어제 '그런 일'이 있었다는 현실감각.

하지만 이런 엄청난 일을 저지르고도 나는 내가 어떤 마음가짐으로 구멍에 뛰어들었는지 알지 못했다. 그저 그 순간 구멍에 미혹되었다고밖에 설명이 되지 않았다. 이게 다 고유상이 준 구멍 때문에 벌어진 일이었다. 근데 난 정말 고유상을 만났던 걸까.

 전날 고유상을 만난 게 꿈처럼 여겨졌다. 차라리 지겹도록 꾸는 개꿈 중 하나였으면 나았겠다 싶었다. 밤새 현실로 돌아가지도 못했고, 누군가 구멍의 정체가 허상이라고도 알려 주지 않았다. 그렇다면 이제부터 무얼 해야 할까. 문자가 말한 대로 구멍을 찾아야 할까, 아니면 원래대로의 일상을 살아야 할까. 대책 없이 구멍 안으로 들어와 놓고선 구멍이 없다는 사실에 두려워하고 있었다.

 일단은 안정이 필요했다. 나는 평소 루틴대로 꼼꼼히 세수하고 물 한 잔을 마셨고, 환기를 시킨 뒤 루이보스 차 티백을 찻잔에 담그며 휴대폰을 확인했다. 아침부터 문자가 와 있었다. 산에 갈 거냐고 묻는 수혜의 연락이었다. 그제야 오늘 약속이 있었다는 사실이 떠올랐다. 구멍을 만나기 전날 밤, 문제의 그 책을 읽기 10분 전까지 나는 수혜와의 약속을 알면서도 어떻게 죽을지 궁리하고 있었다. 옥상에 올라가기도 하고 끈을 가져다 목에 대보기도 했다. 병원에 다녀온 이후로는 스위스에 가서 안락사를 신청하는 방법도 후보로 두었다. 유상이 죽는 것보다 낫다는 말을 한 것도 오래전의 나를 알고 있어서였다. 그 어린 나이에도 종종 죽음을 언급했으니까.

나는 약속 시간에 보자고 답장하고 습관처럼 식탁 위에 있던 책을 집어 들었다가 바로 내려놓았다. 악몽을 꾼 거라고 떨쳐 내면 그만인데 그건 악몽이 아니었다. 이야기의 실물을 본 자각이었다. 내 확신에 근거가 있다고 생각되진 않았지만 머릿속에서 그런 일이 벌어졌다는 확신이 들었으니 그게 사실이라고 믿을 수밖에 없었다. 누가 머릿속에 들어와 그게 진실이라고 끊임없이 주입한 것처럼 그게 절대적인 진리인 양 느껴졌으니까.

어제의 여파로 운전할 마음이 생기지 않아 수혜의 차를 타고 산에 갔다. 가는 내내 정면을 응시하며 운전하는 수혜의 옆얼굴을 쳐다보았다. 내가 아는 수혜가 맞는지, 운전하다 갑자기 미쳐 날뛰는 게 아닌지 경계해야 했다. 산에서도 마찬가지였다. 정상에 올랐다 하산할 때까지 지금 내가 있는 곳이 구멍 속이라는 무서운 자각이 공기처럼 주변을 떠돌아다녔다. 그 생각을 하느라 길을 잘못 들어서는 바람에 무성한 덤불을 통과하게 되었다. 헝클어진 머리칼처럼 뭉쳐져 진입을 방해하는 성난 나뭇가지와 이파리들이 이미 굽힐 대로 굽힌 팔다리의 살갗을 자꾸만 따갑게 쑤셔댔다. 잎과 잎 사이의 음영조차 구멍의 동족 내지는 미니어처로 보일 지경이었다.

나는 발걸음을 재촉해 정신없이 그 길을 빠져나왔다. 오솔길과 만나는 큰 숲길에서 먼저 기다리고 있던 수혜가 내 몸을 붙잡아 준 덕에 겨우 현실로 되돌아왔다. 아니, 여기는 현실이 아니었다. 구멍을 찾아 돌아가지 않는 이상 이곳은 현실이 아니다. 그렇게 단정하자 어지럽고 속이 메슥거렸다.

"저긴 왜 들어간 거야? 거기 길이 있어?"

내가 걸어 나온 덤불 안을 이상하다는 듯 들여다보

며 수혜가 물었다. 나는 그의 손을 잡고 도망치듯 산속을 걸어 내려왔다. 수혜는 내가 없어진 것도 몰랐던 모양이었다. 늘 그렇듯 우린 만날 때마다 각자의 생각에 빠져 있었다. 그래서 친구로 남을 수 있었다. 무관심이 아니라, 각자의 시간과 침묵을 인정해 주는 사이였다. 선을 넘지만 않는다면 이 남다른 우정은 오래 지속될 수 있었다.

"저번에 추천한 그 책 빌려줄래?"

집에 도착해 차에서 내리려는데 수혜가 평소처럼 책을 빌려 달라고 했다. 그 책은 내가 구멍에 던져 넣은 책이었다. 나는 사실대로 책이 없다고 했다. 만약 책이 있었다 해도 거절했을 것이다. 수혜는 나보다도 책을 느리게 읽는 타입이었다. 아무리 재밌는 이야기도 집중력이 쉽게 떨어지는 편이어서 내가 하루 만에 완독한 책을 그는 일주일 동안 나눠 읽었다. 나는 그가 가해자가 될 일을 미연에 방지해 준 셈이다.

수혜는 에둘러 거절하는 줄 알았는지 아니면 내게서 평소와 다른 느낌을 받았는지 알겠다며 차를 출발시키려 했다.

"수혜야."

나도 모르게 내뱉은 말이었다. 돌아보는 수혜와 눈이 마주쳤는데, 내가 지금 겪고 있는 일을 어떻게 설명해야 할지 자신이 없어졌다. 내가 계속 머뭇거리자 수혜가 상체를 내밀고는 횡단보도 신호를 확인했다. 이제 곧 바뀔 것이다.

"…내가 현실에 있는 것 같지 않아. 아니, 아닌 게 확실해."

"현실에 있는 것 같지 않다고?"

수혜는 대수롭지 않다는 듯 반응했다.

"너 원래 현실 별로 안 좋아하잖아."

"그렇지."

"그럼 좋은 거 아냐?"

아니, 생각보다 별로 좋지 않아, 말하려고 했는데 신호가 바뀌었고 나는 그냥 다음에 얘기하자고 했다. 수혜는 알겠다고 하더니 곧장 차를 출발시켰다. 내 말을 어떻게 받아들였는지는 알 수 없었다.

떠나는 수혜의 차를 지켜보다 헤드폰을 끼고 아파트 정문을 향해 걷기 시작했다. 혹시 병원을 다시 가 봐야 하는 건 아닐까. 자기공명장치가 오히려 뇌를 망가뜨렸을지도 모른다. 구멍에 들어간 책임을 병원에 전가하며 나는 횡단보도에 도착했다. 보행을 허락받기 위해 의무적으로 맞은편 신호등을 쳐다보았다. 아래위 두 칸에 LED로 점묘된 사람이 한 명씩 갇혀 있다. 위 칸엔 온몸이 붉게 타오르는 사람이 정면을 향해 서 있고 아래 칸엔 보폭을 크게 벌린 채 어딘가로 향하려는 푸르스름한 사람이 자세를 취하고 있다. 그들은 가만히 있는데도 나를 움직이게 하고 멈추게 한다.

구멍처럼.

전자는 학습된 결과일 테고 후자는 뭐였을까. 내 의지였을까. 구멍 속에 있다고 생각하면서도 여전히 헷갈렸다. 누가 정확히 말해 주지 않는 이상 내가 지금 어디에 있는 것인지 확신할 수 없었다. 내가 디딘 이 땅은 언제 생성되었을까. 정수리 위의 하늘은 어디서 복제해 온 것일까. 저 멀리 보이는 아스팔트 도로 역시 사람이 만든 게 아닐지도 모른다. 어망에 딸려 온 불가사리처럼 불쑥 고유상의 얼굴이 떠오른 건 그때였다. 내 침울한 생각 끝에 대롱대롱 매달린 채였다. 겨우 안도할 거리를 찾은 나는 구멍에 뛰어든 게 나뿐만이 아니라고 자위했다. 나 자신이 미쳤다고 여기는 것보다 구멍이 진짜라고 믿는 편이 나았다.

신호가 파란불로 바뀌었다. 신호등의 아래 칸 사람이 내게 보행을 허가하는 빛을 발했다. 출퇴근 시간이 아니어서인지 차가 거의 다니지 않았고 보행자도 없어 스산하게 펼쳐진 광활한 도로를 혼자 건넜다. 생각해 보니 오늘 수혜를 제외하고 사람을 본 적이 없었다. 착각인가. 현실을 피하려 구멍 속으로 들어오긴 했지만 앞으로 어떻게 할 것인지에 대한 대책은 없었다. 이제껏 살아온 내 삶의 방식도 이와 크게 다르지 않았다. 세계가 어떻게 변하든 나는 변함없이 그대로였다.

이런저런 잡다한 생각을 끊어 내고 다시금 걷는 데

집중했을 때였다. 어딘가 이상하다는 생각이 들었다. 지금쯤이면 인도로 올라가고도 남을 시간인데 눈앞엔 여전히 횡단보도 선이 길게 이어져 있었다. 끝이 보이지 않는 지평선 저 너머에까지.

착각한 건가 싶어 뒤를 돌아봤는데 처음 서 있던 곳의 신호등이 거의 보이지 않을 정도로 작아져 있었다. 현실에서 이상한 일을 겪는다고 한들 지하철을 반대로 탄다든가, 누가 새치기를 해서 시비가 붙는다든가, 길을 가다가 도쟁이를 맞닥뜨린다든가 하는 정도일 텐데, 이 상황은 도대체 어떻게 해석해야 할까. 일단 멈춰서 상황을 이해해 보려 했지만 머릿속도 같이 작동을 멈춘 건지 이렇다 할 해결책이 나오지 않았다.

아무도 없는 공활한 장소에 덩그러니 놓인 나 자신을 의식하니 가슴이 두근거렸다. 심장이 나약한 나를 터트리려고 안간힘을 쓰는 듯 호흡이 걷잡을 수 없이 빨라졌다. 식은땀이 났다. 어떡하지. 계속 걸어간다, 되돌아간다. 두 가지 선택지가 있었다. 모험을 싫어하는 난 되돌아가는 길을 택했다. 맞은편 신호등이 보이지 않을 정도로 멀리 온 상태여서 흰 선만 보면서 계속 걸었다. 하지만 30분을 걸어도 신호등은 나타날 생각을 하지 않았다. 나는 구멍이 유도하는 길로 다시 돌아가야 한다고 결단을 내려야 했다. 다리가 아픈 데다 너무 무서워서 아무리 빨리 가려고 해도 발이 더디게 움직였다.

기약 없이 걷고 또 걷는 동안 형이상학적인 의문들이 새 떼처럼 날아들었다. 구멍의 정체는 대체 무엇이며 나를 이곳으로 끌어들인 이유는 뭘까. 나는 왜 그 순간을 참지 못하고 뛰어든 걸까. 고유상은 왜 내가 구멍을 가져가길 바랐던 걸까. 내가 여기에 있다는 걸 아는 사람이 아무도 없다는 사실이 왜 이렇게 무서울까. 현실의 죽음이란 이런 걸까. 아무것도 확신할 수 없고 직시할 수도 없다.

내가 사는 아파트는 걸을수록 점처럼 멀어졌고 길에는 차도 사람도 전혀 보이지 않았다. 왼쪽으로는 철망 너머로 강이 흐르고 있었는데 착각인지는 몰라도 저편 건물이나 도로 등지에는 돌아다니는 사람들이 언뜻 보였다. 하지만 내가 있는 쪽은 그 어떤 활기도 없이 정적만 감돌았다. 공기도 잠깐 쉬는 듯이 무겁게 가라앉아 있었다.

누가 다 칠했나 싶도록 끝 간 데 없이 이어지던 횡단보도 선은 교차로를 지나 좌측으로 꺾였고 어떤 처음 보는 골목 안으로까지 이어졌다. 고적한 골목은 꽤 역사가 깊어 보였고 다가구주택이 양옆으로 늘어서 있었다. 어릴 때 이모 집에 놀러 갔을 때 본 적 있는 까만 대문을 줄줄이 지났다. 이젠 체력이 바닥나서 될 대로 되라는 심정으로 터덜터덜 걷는데 횡단보도 선이 어느 주택 안으로 이어졌다.

나무로 된 문패에는 박○○라는(난해한 한자라 알아볼 수 없었다) 이름이 새겨져 있었다. 횡단보도 선은 현관문 앞에서 뚝 끊겼다. 끊어진 선과 열린 대문을 갈마보던 나는 어떤 확신에 이끌려 그 집으로 들어갔다.

여기인가.

조심스레 현관문 손잡이를 돌렸다. 대문에 이어 현

관문도 열려 있었다. 서늘하고 눅눅하고 침침한 거실을 지났다. 아무도 없어서인지 집 안은 살풍경한 분위기로 가득했다. 흰색 커튼이 쳐진 부엌을 한번 거들떠보던 나는 바로 걸음을 멈추었다.

기다랗고 좁은 부엌 한편에 가스레인지와 개수대가 있었고 다른 한편에는 찬장이 벽 너비에 꼭 맞게 들어차 있었다. 구석에는 피해자가 죽은 형상대로 그려진 흰 현장보존 선이 있었다. 사람 모양 쿠키의 형틀 같기도 했다. 주변에는 혈흔이 그 크기만큼 얼룩져 있었다. 조금 꺼림칙해서 가까이 다가가지는 못하고 부엌 시작점에 서서 그것을 유심히 쳐다보았다. 이게 뭘 뜻하는 걸까. 이제 나더러 어쩌라고? 모든 정황이 생소하기만 했다. 빨리 이 상황을 벗어나고 싶었다.

테두리가 하얀 프라이팬 같은 그것이 고개를 까딱 든 건 그때였다. 너무 가벼워서인지 바닥에서 일어날 때 소리도 나지 않았다.

"누구…? 나랑 놀래?"

"예?"

그건 분명 사람의 목소리였다. 그것이 몸을 완전히 일으키더니 내 쪽으로 쓱 하고 걸어왔다. 당황한 나는 황급히 뒷걸음질 쳤다. 촉감은 털 인형처럼 보송할 것 같았지만 안은 뻥 뚫려 있어 그것이 나를 쳐다보는지, 어떤 표정을 짓고 있는지 알 수 없었다. 손가락 없이 뭉툭한 그 손이 따뜻하게 내 손을 감싸 쥐었고 얼이 빠진 채 서 있던 나는 그것이 이끄는 대로 따랐다.

밖으로 나오니 어느새 저물녘이었고 그것은 밖으로 나온 게 신나는지 혼자 저만치 떨어져 폴짝폴짝 뛰듯이 걸었다. 인간은 생김새가 복잡해서 사는 게 힘들지도 모른다고, 문득 생각했다.

"우와, 오랜만에 나오니까 좋다. 공기도 엄청 맑아."

"오랜만이라고요? 얼마 만에 나온 건데요?"

"몰라. 기억 안 나."

언제부터인지는 모르겠지만(아마, 그 문제의 횡단보도에 서서 음악을 듣고 있을 때부터였을 것이다) 전두엽이 사고하거나 행동을 조절하는 책무를 잊은 듯했다. 분명 돌아가야 한다고 생각하면서도 나는 그것을 아니, 그를 홀연히 따라갔다.

그는 한참을 돌아다니더니 도로 위 자전거 노면 표시 앞에 우뚝 멈춰 섰다.

"우와! 이거 타자! 자전거!"

"자전거?"

내가 어리둥절한 얼굴로 쳐다보자 그가 자전거 노면 표시를 손으로 들어 올렸다. 흰색 페인트로 그려진 그것은 그의 구성 요소와 꼭 닮은 표지였다. 설마 그의 세계에서는 모든 사물이 그런 식으로 보이는 걸까. 그가 하도 재촉하는 바람에 나도 길거리에 누가 내팽개치고 간 자전거를 하나 주워서 올라탔다. 그 후로 우린 한 시간이 넘도록 자전거를 탔다. 쌩쌩 부는 바람에 흐트러진 머리칼을 정리하느라 바쁜 나와는 달리 거리낄 게 없는 그는 자유롭고 편안해 보였다. 그는 마음이 힘들 때마다 이 길을 달렸다고 했다.

우린 주행을 마친 뒤 벤치에서 휴식을 취했다. 건

너편엔 강이 흐르고 있었다(그의 눈엔 흰색 강이 흐를지도 모른다). 이런 세계에서는 멈출 법도 한데, 자연은 엄숙하고 고고한 태도로 일관한 채 제 몫을 다하고 있었다.

"고마워. 덕분에 몸과 마음이 한결 가벼워졌어. 피 냄새가 정말 고약했거든."

벤치에 앉아 저편 세계를 망연히 바라보고 있자니 내가 이 세계를 떠나고 싶은지, 아닌지를 점점 더 알 수 없게 되어 버렸다. 나가려면 구멍을 찾아야 하는데 구멍은 또 어디서 찾아야 할까.

"…혹시 구멍에 대해 아세요?"

내가 그렇게 묻자 그는 고개를 갸웃거리며 쳐다보았다.

"구멍?"

"네, 어디론가 통하고, 뚫려 있는 그 구멍요."

구멍 속 세계에 있으면서도 그는 그것에 대해 전혀 모르는 듯했다.

"미안. 무슨 말인지 잘 모르겠어."

나는 괜찮다고 했다.

"근데, 그쪽은 어떻게 된 거예요?"

사건 경위를 묻자 그가 태연하게 말했다.

"집으로 가는 중이었는데 뒤에서 누가 따라왔어."

"범인은 잡혔어요?"

"몰라."

"생각나는 단서 같은 거 없어요?"

그는 초연하게 말했다.

"난 인간이 아니야. 영혼도 아니지. 그저 흔적일 뿐이야."

"그래도 다 기억하잖아요. 자전거를 타고 이 길을 달렸던 것도…."

"잔상으로 아는 거야. 그때의 기운이 느껴지는 것뿐이지. 그러니 범인이 누구든 아무 의미 없어. 난 그 세계에서 사라진 존재니까."

사라진 존재.

숙연한 마음이 일었다. 달리 위로할 말이 떠오르지 않아 도와주지 못해 미안하다는 말을 변명처럼 늘어

놓았다. 그는 크고 동그란 얼굴을 두어 번 가로로 흔들었다.

"이 세계에서 너랑 만난 것만으로도 좋아. 인간을 또 보게 될 줄은 몰랐거든."

"제가 인간으로 보이세요?"

그는 끄덕였다.

"흰색 선으로 보이는 게 아니군요."

"너는 외부인이잖아."

외부인. 그래, 아무래도 티가 나는 거겠지. 구멍 속 세계에서 나는 외부인이라는 것. 금지 구역에 잘못 들어온 외부인. 다행히 나를 쫓아내려는 조직도 단체도 정부도 없지만 빨리 이곳을 떠나 주는 게 외부인의 도리였다. 나로 인해 이 세계가 오염되기를 바라진 않으니까.

그럼 이곳엔 현실에서 뜻하지 않은 범죄나 사고로 죽은 망자들만 존재할까. 다른 곳은 가 보질 않았으니 알 수 없는 노릇이지만 외부인이 나타나 깨우지 않으면 이 사람들은 영원히 현장보존 선으로 남아 있어야 하는지도 몰랐다. 아마 자신들이 현장보존 선이 된 것도 모르겠지. 차라리 그 편이 나으려나.

고유상이 어떤 세계로 갔는지는 모르지만 이 흰 선의 세계는 나만이 겪는 일 같았다. 어쩐지 그런 예감이 들었다. 흰 선과 함께 있는 순간이 아련한 추억처럼 느껴졌고, 아까 흰 선이 있던 주택도 어딘가 익숙했으니까.

광대한 세계 한가운데 끔찍한 사건에 희생된 피해자와 단둘이 있어서인지 공기에서 호젓한 기운이 감돌았다. 분명 내가 아는 세상이 맞는데 말을 걸 수 있는 존재는 내 옆에 있는 흰 선밖에 없었다. 원래는 나도 이곳에 없었어야 맞다. 조금 전까지만 해도 내가 구멍 속에 있다는 게 실감 나지 않았는데 흰 선을 만나고 비로소 확신이 들었다.

한동안 자연을 만끽하던 그가 고개를 돌려 나를 쳐다보더니 내 얼굴을 음미하듯 어루만졌다. 손길은 예상대로 포근했다. 그는 시간이 되었다는 듯 폴짝 일어나 손을 흔들었다.

"갈게! 잘 가!"

"어디로 가요?"

내 말의 요지를 모르겠는지 그가 나를 물끄러미 쳐다보았다.

"나랑 조금만 더 걸어요."

흰 선은 재촉하는 내 손을 보고는 잠시 주저하다가 다시 내 손을 잡고 걷기 시작했다. 여기서 헤어지면 다시는 볼 수 없을 것 같아 즉흥적으로 던진 말이었는데 그런 내 진심을 알아봐 준 듯했다. 왠지 모르게 애달픈 마음을 안고 그와 함께 걸음을 옮겼다.

"너는 어떻게 살아?"

이번에는 내가 그를 돌아보았다.

"인간 세계에서 어떻게 살아가는지 궁금해서."

아아, 나는 잠시 주저하다 솔직한 심정을 전달했다.

"유감이게도 잘 살고 있지 않아요. 아까 말한 구멍에 뛰어들었거든요."

흰 선이 걷는 속도를 조금 늦추며 말했다.

"세계가 존재하는 건 내가 그곳에 있기 때문이야."

걸으면서 그림자가 진 발아래에 시선을 두고 있었는데 흰 선에게도 당연하지만 그림자가 있었다. 빈틈없이 채워진 내 그림자와는 달리 속이 텅 빈 채로.

"어디에 있든 그 사실을 잊지 마. 네가 진짜 있어야 할 세계는 언제나 네가 돌아오길 기다리고 있어."

갑자기 왜 이런 얘길 꺼내는 걸까. 의아해서 그를 돌아다보았는데 희고 둥그런 원만 있을 뿐 어떤 감정 흐름도 느낄 수 없었다. 당연했다.

체감으론 아주 오랜 시간 걸은 듯했다. 우리는 말없이 걷다가도 갑자기 생각난 듯 대화를 나누었고 다행히도 의견 충돌은 없었다. 도중에 흰 선이 아주 마음에 드는 구역을 찾았다며 내게 안녕을 고했고 우린 손을 흔들며 헤어졌다. 조금 더 걸으니 내가 처음 서 있었던 횡단보도로 돌아와 있었다. 엄지발가락에 물집이 잡힌 나는 발이 아파서 주저앉아 녹색 신호를 기다렸다. 아래 칸 사람이 내게 전진하는 빛을 보여줄 때까지.

저 멀리 내가 살고 있는 아파트가 보였다. 공백에

가까운 흰 선은 옆에 있어도 존재감이 느껴지지 않아 처음부터 혼자 있었던 것 같기도 했다. 아파트로 걸어가면서 그가 다시 그 집으로는 돌아가지 않았으면 좋겠다고 생각했다.

4

 집으로 돌아와 가장 먼저 한 일은 인터넷 기사를 찾아보는 일이었다. 기억을 더듬어 그 주택의 주소지를 검색해 보았다. 최신순으로 아무리 찾아봐도 그에 관한 기사는 보이지 않았다. 식사 중에도, 소파에 앉아 TV를 보면서도 휴대폰으로는 계속 관련 기사를 찾았다(TV 프로는 현실과 다를 바 없어 이곳이 구멍 속이라고 여겨지지 않았다). 오래된 순으로도 찾기가 어려웠다. 그러다 어떤 블로그 제목이 눈에 들어왔다. '9년 전 서송동 주택 살인 사건 피해자 박희성. 유족의 억울함을 풀어 주세요'라는 제목이었다.

나는 그 이름과 모든 키워드를 모아 재검색했다. 인터넷 기사가 여러 개 떴다. 내가 갔던 주택 앞에 폴리스라인이 설치된 사진과 장례식 빈소 사진, 그리고 피해자 영정 사진이 자료 사진으로 작게 첨부되어 있었다. 처음에는 설마 그 애인가 싶었는데 내가 아는 초등학교 동창 박희성이 맞았다. 희성은 내 친구의 친구였고 학교 복도에서 셋이 우연히 맞닥뜨리면 까르르 웃으며 지나가는 사이였다. 버스 정류장에서도 종종 마주쳤다.

한번은 우리 둘을 매개해 줄 친구 없이 단둘이 집으로 향한 적이 있는데 내가 사는 아파트(나는 초등학교 때부터 죽 같은 아파트에 살고 있다)를 가로지르는 것이 자신의 동네로 가는 지름길이라 늘 이리로 다닌다고 했다. 우리 아파트에 거의 도착했을 때 희성은 집에 가기 싫다는 말을 꺼냈고 내가 왜 싫으냐고 물으니 엄마가 데려온 아저씨가 가끔 자기의 팔뚝이나 허벅지에 손을 댄다고 대답했다. 내성적인 아이라 콕 집어 성추행이라고 말하진 않았지만 앞으로 벌어질 일을 다 안다는 듯 체념한 말투여서 나는 적잖이 놀랐다. 어렸어도 그게 나쁜 짓이라는 걸 알았지만 그때 내가 해 줄 수 있는 건 딱히 없었다. 희성이 내성적이었다면 나는 내성적인 데다 무뚝뚝한 아이였다.

우리 셋은 중학교에 입학하면서 전혀 다른 길을 갔다. 성인이 되어 사회에서 수많은 성범죄 문제를 마주할 때면 가끔 그때 희성의 말이 뇌리를 떠돌곤 했는데, 그럴 때마다 당시에 제대로 대처하지 못한 내가 원망스러웠다. 대신 화를 낸다거나 위로의 말 한마디라도 건넬 수 있었을 텐데 말이다.

9년 전이면 우리가 스물네 살 때니까 내가 한창 적성에 맞는 일이 뭔지 고민할 시기에 희성은 보기만 해도 섬뜩한 칼에 찔려 무참히 희생된 것이다. 어째서 이곳에서 희성을 만나게 된 걸까. 왜 희성은 구멍 속에 있었던 걸까. 이 세계는 대체 무엇으로 이루어졌기에.

전자레인지 회전판 위에서 돌아가는 페퍼로니 냉동 피자를 보면서 새하얗고 발가락이 없는 맨발로 나와 함께 걸어 주었던 흰 선 아니, 희성을 생각하고 있는데 수혜로부터 전화가 걸려 왔다. 어제 구멍 얘기를 하려다 말았던 게 생각나서 나는 내일 만나자고 했다.

"무슨 얘기인데 호텔에서 보재?"

"수영장 간 지도 좀 됐잖아. 평일 호텔 수영장엔 사람도 별로 없어."

잠시 고민하는 듯 흐음, 하는 한숨 섞인 소리가 새어 나왔다.

"…그래, 나도 오래간만에 수영장 가고 싶긴 해. 내일 봐."

알겠다고 하고 전화를 끊자 전자레인지가 작동을 멈추었다. 코끝으로 따뜻한 피자 냄새가 풍겨 왔다.

다음 날, 오전 9시에 온다던 수혜는 점심 무렵이 다 되어서야 도착했다. 수혜의 차를 타고 정오쯤 호텔에 도착해 로비에 들어섰다. 일박을 해도 완벽하게 준비물이 갖춰진 캐리어까지 들고 와야 직성이 풀리는 내 손엔 오는 길에 마트에 들러 정가로 급하게 산 수영복만 덜렁 들려 있었다. 수혜는 하늘색 단색 수영복, 나는 도트 패턴의 검은색 수영복이었다. 시간이 충분했는데도 별다른 준비물을 챙기지 않은 건 내가 구멍 외에 다른 건 일절 생각하지 않았다는 증거였다. 체크인하는 수혜 옆에서 대기하면서 내가 사라진 진짜 현실은 지금쯤 어떨지 궁금했다. 누군가는 실종된 나를 찾고 있지 않을까. 왜 문자는 입구와 출구 얘기만 해 주고 구멍이 어디 있는지는 알려 주지 않은 걸까.

예약상에 약간의 문제가 생겨 수 분을 기다린 뒤 방 열쇠를 받고 엘리베이터를 탔는데, 수혜가 호텔 층별 정보를 눈으로 훑더니 방금 프론트 직원이 준 웰컴 선물과 팸플릿을 쳐다보았다. 나도 흘끔 엿보았는데 팸플릿엔 뒷배경으로 산머리가 보이는 호텔 전경 사진이 인쇄되어 있었다.

"마터호른 생각나니?"

그는 대뜸 그렇게 말했다.

"마터호른?"

머릿속에 수혜와 처음 만났던 스위스 여행 풍경이 한꺼번에 떠올라 제멋대로 스크랩되었다. 마터호른으로 가는 산악 열차를 탔을 때 내 자리 근처에 앉아 있었던 게 수혜였다. 수많은 외국인에 둘러싸여 갑갑하던 찰나에 만난 한국인이라 내심 반가웠는데 다음 정차역에서 한 외국인 할아버지가 머리를 다친 상태로 올라탔고 자리를 양보한 수혜는 자연히 내 앞에 서게 되었다. 하지만 우린 한마디도 나누지 않고 정상까지 올라갔다. 오로지 하늘과 구름과 설원뿐인 창밖 풍경을 보느라 바쁘기도 했고 전차 안이 기분 좋은 설렘과 소란으로 가득해서 대화다운 대화를 나눌 수가 없었다.

전차는 멈추었고, 관광객이 우르르 내렸다. 말로만 듣던 마터호른 정상이 눈앞에 있었다. 물리적인 의미로 눈이 너무 부셔서 설원을 제대로 쳐다보기가 어려웠다. 하지만 선글라스를 벗고 저 멀리 구름 한 점 없는 마터호른을 바라보던 순간은 정체 모를 구멍을 처음 봤을 때와는 정반대의 의미로 비현실적으로 황홀

했다. 실은 죽기로 결심하고 갔던 여행이었는데 그 목적이 한순간 뇌리에서 지워졌다. 누군가 뒤에서 '이렇게 깨끗한 마터호른을 보려면 삼대가 덕을 쌓아야 한대'라며 웃었다.

"그때 날이 너무 좋아서 사람이 엄청 많았잖아. 셀카를 찍고 있던 너한테 내가 사진을 부탁했고 너는 흔쾌히 찍어 줬어. 그게 내 인생 사진이 됐다니까."

"그래, 기억하지."

"그때 네가 나한테 한 말도 기억나?"

"무슨?"

왜 혼자 왔어?

그냥, 편해서.

뭐가 편한데? 사진 찍기도 불편하구만. 셀카는 한계가 있어.

사진이야 대충 몇 장 찍으면 되고, 난 혼자 온 자체가 좋은 거야. 애초에 그게 목적이고.

"난 처음부터 너한테 말을 놨는데 너도 아무렇지 않게 반말로 대꾸했잖아. 그게 신선했어."

엘리베이터는 10층에 멈춰 있었다. 내려야 하는데 수혜는 계속 얘기를 들려주고 싶어 했다. 지금 하고 싶은 말을 꼭 해야겠다는 의무감으로 가득한 사람 같았다.

"기념품 사고 나와서 작은 교회에 들어갔을 때 말이야."

"수혜야, 10층이야."

내 말에 수혜가 무안한 듯 웃더니 호텔 복도로 걸어 나갔다.

20층짜리 호텔 건물은 겉으로 봤을 땐 길쭉하고 좁은 것 같았는데 안은 생각보다 넓었다. 일반 디럭스룸이었는데도 말이다. 침대 시트가 깨끗한지, 수압은 괜찮은지 등을 확인하고 커튼을 활짝 열어 창밖을 구경했다. 빌딩과 자연이 혼재한 도심 특유의 복잡다단한 풍경이 건너다보였다. 하늘은 대체로 맑았는데 군데군데 먹구름이 끼어 있었다. 비가 안 오는 것만 해도 다행이라는 생각에 얼른 수영복으로 갈아입었다. 수혜는 침대 끝에 앉아 그런 내 모습을 지켜보고 있었다.

"그때 너한테 친구가 필요 없느냐고 물었던 거 기억나?"

"어, 그랬나."

딱히 모르겠어. 굳이 있어야 한다면 만날 때마다 나를 위로하면서 내가 혼자가 아니라는 사실을 상기시키는 친구보다 나 혼자서도 잘 살고 있다는 걸 각인시켜 줄 친구여야 해. 그런 존재를 친구라 부르고 싶진 않지만.

그다지 깊은 고민 없이 나는 그렇게 말했었다. 그걸 들은 수혜는 자신의 가치관과 정확하게 일치한다면서 서로에게 그런 친구가 되자고 했었다. 그래서 등산을 가든 어디를 가든 서로의 길목을 방해하지 않고 각자 할 일을 하는 것이다. 내가 가려는 길에 서 있는 목격자 그 이상도 그 이하도 아닌 나무나 전봇대 같은 인간. 그래서 우린 서로의 집에 가 본 적도 없고 서로의 가정사도 모른다. 그건 우리에게 침범이었다.

호텔에서 주는 흰색 가운을 입고 야외 수영장으로 향했다. 예상대로 텅 비어 있었다. 수영장은 너비가 크지 않았다. 우리가 기대한 쨍한 햇빛은 없었지만 29도라 후덥지근했다. 선베드에 수건을 놓고 돌아봤는데 어느새 수혜는 옅은 보랏빛 튜브를 끼고 잔잔한 수면 위에 누워 있었다. 낮은 조도의 햇빛이 수면에 반사되어 수혜의 얼굴에 물빛이 어렸는데 내가 아는 수혜가 아닌 듯 사뭇 낯설어 보였다. 구멍 속에 들어온 뒤 가끔 이런 감각이 찾아오곤 했다. 겉으론 분명 현실 세계로 보이지만 집중해서 들여다보면 각각의 물질에 희미한 빗금이 그어진 느낌이랄까.

물속으로 들어가니 수심이 생각보다 깊어서 발이 닿지 않았다. 반동을 주기 위해 벽에 발을 붙이고 과거에 시립 수영장에서 주 2회씩 열심히 배웠던 자유형을 시도했다. 물공포증 때문에 배운 운동이었지만 킥판을 떼고 나서도 공포증은 사라지지 않았다.

사색에 빠져 있는 수혜를 방해하지 않으려 가장자리에서 왕복으로 몇 바퀴 돌다가 잠시 쉬고 있을 때였다. 바닥에 시커먼 물체 같은 것이 일렁이는 게 보였다. 머리를 쑥 집어넣고 바닥을 내려다보니 누군가

잃어버린 듯한 휴대폰이 있었다. 그걸 낚아채고 다시 물 밖으로 나가려고 버둥거렸는데 깊은 바닷속에서 수면 위로 부상하는 것처럼 알 수 없는 시간의 지연이 느껴졌다. 위험을 감지한 내 무의식적인 방어였을까. 놀란 마음에 허둥거리며 수면 위로 머리를 들이밀자, 눈앞에 시커먼 밤하늘이 펼쳐져 있었다. 나는 밤을 처음 보는 사람처럼 하늘을 휘둘러보았다.

방금까지 대낮이었는데 휴대폰을 줍는 사이 밤으로 돌변해 있었다. 나는 허무하게 수모를 벗고 수면 위에 둥둥 떠 있었다. 분명 밤이 되었다면 기온도 떨어졌을 텐데 전혀 춥지 않았다.

물 밖으로 힘없이 걸어 나와 물이 뚝뚝 떨어지는 몸으로 서 있었다. 조명이 꺼진 수영장은 사위가 어두워 사람을 식별하기도 어려웠다. 어느 정도 어둠에 익숙해지고서야 여전히 눈을 감고 명상에 잠겨 있는 수혜의 형체가 보였다. 내가 주운 휴대폰 시간을 확인하니 오후 1시 8분이었다. 이것만으로도 내 기억이 잘못되지 않았다는 걸 알 수 있었지만 그래도 수혜의 대답이 듣고 싶었다.

"지금 낮이야, 밤이야?"

수혜는 꿈속처럼 나른하게 낮, 이라고 답했다.

"정말 낮이야?"

"유소야, 우리 점심 먹은 지 얼마 안 됐어."

수혜는 그렇게 말하고는 30분만 더 있다 가자고 통보했다. 햇볕이 없어져서 더 이상 이곳에 있을 이유가 없다면서. 햇볕이 없어진 정도가 아니라 지금 눈앞에 밤하늘이 있잖아. 넌 안 보여?

객실에서 밤이 된 창밖을 허탈하게 바라보고 있는데 카드키로 문을 여는 소리가 들렸다. 내가 샤워하는 사이 근처 마트에 갔던 수혜가 돌아온 것이었다. 이야기를 들으려면 주전부리가 있어야 한다면서. 그는 양손 가득 쇼핑백을 들고 뛰어가 식탁에다 맥주부터 달콤한 와인, 치즈플래터 등 각종 술과 안주를 잔뜩 꺼내 놓았다. 이렇게까지 사 올 필요는 없는데. 나는 내색하지 않고 테이블 위를 정리했다.

대충 냉장고 안을 수습한 수혜가 맥주병을 그러쥐

고 미끄러지듯 소파에 앉았다. 나도 의자를 옮겨 맞은편에 앉았다. 낮은 테이블엔 과자와 치즈, 건어물, 맥주 세 병을 세팅했다. 그때 수혜의 상태를 확인했어야 했는데 낮이 밤으로 돌변한 기막힌 상황에 직면한 데다 구멍을 본 이야기를 머릿속으로 정리하느라 신경 쓸 겨를이 없었다.

나는 고유상이라는 인물을 간략히 설명한 뒤 전화를 받고 그의 집으로 향했던 이야기를 전했다. 그 집에 가니 가구가 하나도 없었다, 에서부터 시작해 방에서 구멍을 처음 본 순간까지 진도를 나갔다.

무심결에 눈을 돌렸는데 수혜는 언제부터였는지 곤히 잠들어 있었다. 마시던 맥주병은 바닥에 놓여 있었다. 방금까지 잘 듣고 있는 줄 알았는데 당황스러웠다. 이름을 부르며 어깨를 살짝 흔들었지만 수혜는 깨지 않았다. 술을 즐기진 않아도 어떤 주종을 마시든 웬만해선 취하지 않는 스타일이었다. 겨우 맥주 한 병을 마시고 잠들었다니 믿기 힘들었다. 나는 수혜를 깨우는 걸 포기하고 다시 자리에 앉았다.

결론부터 말하자면 수혜는 그로부터 2주간 잠들어 있었다. 수혜의 집에 가 본 적이 없었기에 집에 데려다준다거나 할 수도 없었다. 휴대폰이 잠겨 있는 데다 배터리도 없어서 가족이나 지인에게 연락을 취할 수도 없었다. 첫날은 잠든 수혜 옆에서 영화를 보다 잠들었는데 깨고 보니 다음 날 아침이었다. 나는 잔뜩 긴장한 채 커튼을 살포시 들추어 보았다. 내가 기대한 아침은 없었다. 바깥은 여전히 밤의 양식을 띠고 있었다.

사흘째 되던 날, 숙박비가 부담스러워진 나는 조식도 먹지 않고 체크아웃했다. 로비 자동문으로 몸을 돌렸을 때도 바깥은 밤빛으로 포화 상태였다. 잠든 수혜를 부축하고 데려 나와 먼저 차 뒷좌석에 눕히고 로비에 놔둔 수혜의 캐리어를 끌고 나왔다. 지나가는 사람들의 얄궂은 시선이 느껴졌다. 얼른 캐리어를 트렁크에 넣고 차에 올라탔다.

한낮에 어두컴컴한 도로를 달리는 기분은 묘함을 넘어서 소름이 돋을 만큼 섬뜩했다. 시간이 깊어질수록 밤의 속도는 현저히 느려졌다. 대기층에 성실히 제 흔적을 쌓은 밤은 환한 낮과는 영원히 닿지 않을 것 같았다. 이 비밀스러운 밤을 알고 있는 나만이 밤의 존재를 느낄 뿐이었다. 차체가 흔들리는 와중에도 수혜는 깨지 않았다. 라디오를 켰다. 눈치 없는 디제이는 정오에 들려 드리는 노래라고 외치더니 신나는 댄스곡을 틀었다.

시가지로 접어들자마자 후미등이 꺼진 앞차와 접촉 사고가 날 뻔했다. 지금은 낮이니 당연히 후미등을 켤 필요가 없다. 이제까지는 운이 좋아 차량이 거의 없는 도로를 달렸던 것이었다. 더 이상 운전할 자신이 없어 길가에 차를 세웠다.

앞을 보니 가로등도 꺼져 있었다. 오직 헤드라이트만이 보닛과 앞 유리를 처연하게 비추었다. 어깨 너머를 돌아보았다. 뒤쪽 삼거리를 지나는 차량이 어렴풋하게 보였다. 차창으로는 길거리 풍경이 보였다. 편의점 안 바 테이블에서는 교복 입은 학생들이 컵라면을 먹는 중이었고(다행히 편의점은 24시간 조명이 켜져 있어 공포 영화의 한 장면처럼 음산해 보이진 않았다) 보도 위를 우르르 걸어가는 회사원들은 점심 메뉴를 고심하고 있었다. 내가 알던 세계에 누가 겁도 없이 침범해 숨통을 점점 더 압박하는 듯한, 질식할 듯한 기분이 들었다.

집중하고 다시 운전대를 잡고 출발했다. 차는 곧 익숙한 동네로 진입했다. 내가 사는 동네도 밤이었고 내가 사는 아파트도 밤의 한가운데서 허옇게 일어나 있었다. 오가는 차를 확인하느라 과하게 집중한 탓에 내릴 때는 진이 다 빠져 있었다.

우선은 수혜를 소파에 눕혔다. 하지만 수혜는 깨지 않았고 그러는 며칠간 나는 느지막이 일어나서 점심을 먹고 청소, 설거지 등 집안일을 했다. 식탁 위에 놔둔 관상용 식물에 물을 주고 음악을 듣거나 영화를 보다 잠들길 반복했다. 수혜는 내가 무슨 짓을 해도 깨지 않았다. 일부러 엄청나게 시끄러운 소리를 내도 마찬가지였다. 숨소리도 거의 들리지 않아서 처음에는 운 나쁘게 맥주를 마시고 죽은 게 아닌가 싶었다.

하지만 맥박은 나보다 안정적으로 뛰어서 구급대원이 그냥 잠들었는데요? 하고는 가 버릴 정도였다.

그런 중에도 밤의 심연은 계속되었다. 잠든 수혜가 밤을 데려온 하수인으로 보일 지경이었다. 나가면 온통 어둠뿐이라 집 안까지 깜깜한 게 싫어서 하루 종일 불을 켜 두고 살았다. 며칠이 더 지나자 그나마 남아 있던 의욕도 꺾였다. 잠들어 있는 수혜를 보면 그저 빨리 잠들고만 싶었다. 다음 날도, 그다음 날도 밤에 깨어 암막한 하늘을 들여다보았다.

밤이 지속되는 건 낮이 끝없이 지속되는 것과는 차원이 달랐다. 낮과 밤은 형태도, 성격도 다르니까. 밤을 살게 된 나는 낮에 산책을 가도 사람들 사이에 끼지 못하는 도태된 기분을 느꼈고, 정말 모든 하늘이 밤으로 바뀐 게 맞는지, 비구름처럼 한곳에서만 밤인 게 아닌지 연신 하늘을 살피느라 산책은 뒷전이었다.

항구적인 밤이 지속되던 어느 날이었다. 어김없이 수혜의 상태를 확인하고 침대에 누웠다. 낮이 실종된

탓인지 잠을 자는 의미가 없어져서 천장을 끈질기게 노려보고만 있었는데 생체 시계는 내 마음대로 되지 않는지 얼마 안 가 눈이 감겼다. 서서히 전신에 힘이 풀리면서 의식도 저편으로 흘러갔다.

 꿈에서 어떤 사막이 보였다. 보기만 해도 갈증이 생기는 황량한 사막. 가 본 적은 없지만 내 머릿속에 존재하는 사막이라는 관념적 이미지가 완벽하게 구현되고 있었다. 거기에는 처음 보는 여자도 있었다. 그 여자는 나를 빤히 쳐다보았다. 말을 걸려고 하지도 않고, 특별한 행동도 없이 그저 나를 가만히 보기만 했다. 그렇게 야릇하고도 깊은 꿈을 꾸던 중에 갑자기 눈이 떠졌다. 처음에는 잘 이해가 되지 않아 몇 번 눈을 감았다 다시 떴다. 새벽이었으니 분명 천장은 어두워야 했는데 환한 '빛'이 천장에서 '새어 나오고' 있었다.

 햇빛…?

 그걸 보자마자 재빨리 몸을 일으켰다. 그토록 기다려 왔던 한낮의 햇빛이었다. 내 안에 존재하는지도 몰랐던 환희라는 감정이 마음속에서 마구 분출되고 있었다. 그 따스함이 너무 좋아서 온몸으로 한낮의 정점을 맛보고 있는데 문득 그곳에 햇빛 외의 존재도 있다는 걸 깨달았다. 다시 보니 누군가의 발바닥이 투명해진 천장을 밟고 있었다. 나는 미간을 좁혔다.

"별일이네. 내가 보일 리가 없는데?"

난데없는 말소리에 놀란 나는 허리를 세우고 고개를 들이밀어 천장을 살폈다. 정체를 알 수 없는 나직한 목소리에 바람이 섞여 들었다. 명순응이 사라진 뒤에야 높은 곳에서 방 안을 굽어보는 여자의 얼굴이 또렷하게 눈에 들어왔다. 방금까지 내 꿈에 나왔던 여자였다. 빛 반사 때문에 잘은 보이지 않았지만 짧은 금발에 표정 없는 백인 여성….

설마.

나는 다시 절망의 입구로 돌아왔다. 기쁨도 잠시 피곤과 짜증이 밀려왔다. 이런 환상들이 이제는 정말이지 지긋지긋했다.

"올라와. 안 그러면 더 피곤해질 거야."

여자가 내 생각을 읽은 듯 말했다.

"싫은데요."

"진심이야? 앞으로도 내가 계속 보일 텐데?"

"상관없어요. 다시 잘 거니까 말 걸지 마세요."

"뭔가 착각하네. 넌 지금 깨어 있다고 생각하지만 꿈과 현실 세계 사이에 애매하게 걸쳐져 있는 거야. 어느 쪽으로든 움직이지 않으면 영원히 지금 세계에서 벗어날 수 없다고. 정말 그러길 바라?"

이곳은 구멍 속이다. 하지만 나는 내가 정확히 어디에 있는지 모르는 미아와 다를 바 없었다. 현실에서도 여기에서도 내 행방을 알 수 없었다. 이런 혼란을 떠안은 채 천장 위까지 올라가는 건 무리였다. 이 세계는 대체 몇 개의 층위로 이루어졌기에 이런 환상을 쉼 없이 남발하는 걸까. 그 저력은 어디에서 나오는 걸까.

여자를 무시한 채 자려 했지만 영원히 벗어날 수 없다는 그 말이 자꾸만 거슬리고 신경이 쓰였다. 여자는 내가 구멍 속에 있다는 걸 아는 것처럼 말했다.

그럼 내가 출구를 찾아야 한다는 것도 알까. 그보다 여자의 정체는 대체 뭘까. 내 꿈에 나타났던 사람이 왜 지금은 천장 위에 있을까. 몸과 머리는 또 왜 이렇게 무거운지 숨을 들이쉴 때마다 나락으로 떨어질 듯한 아뜩한 감각이 몸 주위를 휘돌았다. 결국 5분 만에 이불을 박차고 일어났다. 하는 수 없이 침대 위에 서서 손을 뻗었는데 제법 큰 내 키로도 천장에는 자력으로 올라갈 수 없었다.

"의자라도 올려."

나는 여자의 말에 식탁 의자를 가지러 거실로 터벅터벅 걸어갔다. 수혜는 여전히 잠든 채였다. 방으로 돌아와 침대에 의자를 놓고 올라섰다. 비틀거리며 손을 뻗었는데, 너무나 당연하게도 유리 천장이 견고해서 비집고 들어갈 틈이 없었다.

"대체 어떻게 올라가란 거죠?"

여자가 한심하다는 듯 쳐다보았다.

"천장이 찰흙처럼 물렁물렁해서 쉽게 뚫린다고 생각하고 손을 뻗어. 뭐든 믿어야 이루어진다는 그 간단한 진리를 몰라?"

 나는 알겠다며 심드렁하게 받아치고 천장을 바라보았다. 푸딩… 젤리… 머릿속으로 말랑말랑한 질감을 떠올렸다. 그러나 건성으로 해서인지 손을 아무리 뻗어도 천장은 틈을 내주지 않았다. 난 초능력자가 아니니 너무도 당연한 결과였다. 10분, 20분, 30분…. 그렇게 총 한 시간을 허비했다. 자다 말고 무슨 짓을 하고 있는지 알 수 없었다. 그만 포기하고 내려가고 싶었다. 내면에서도 계속하자, 중단하자, 상반된 의견이 마구 충돌했다. 결국 오기가 생긴 쪽이 이겼다. 나는 포니테일 스타일로 머리를 질끈 묶고 심기일전하여 다시 시도했다. 이번엔 제발, 제발, 제발 좀….

 정말 진심으로 간절히 젤리 더미 속으로 손을 뻗었다. 시간이 멈춘다면 그런 느낌일까. 몇 초 정도 세상에 존재하는 모든 물질이 사라진 느낌이 들었고 손이 천장 위로 쑥 빠져나가는 게 느껴졌다. 깜짝 놀라 중심을 잃고 휘청거렸는데 여자가 그럴 줄 알았다는 듯 내 손을 휘어잡더니 단숨에 위로 끌어올려 주었다.

여자의 도움을 받아 올라간 천장 위 세계는 장대하고 경이로웠다. 어디를 둘러봐도 온통 사막뿐이었다. 내가 살던 현실과는 모든 것이 동떨어진 세상. 작열하는 태양마저 보드라워 보였다. 사막의 여자는 조용히 무릎을 꿇고 앉아 모래 한 줌을 손에 놓고 어루만지더니 바람에 흘려보냈다. 무슨 의식처럼.

 그 모습을 지켜보다가 뒤늦게 혼자 있는 수혜가 떠올랐다. 친구는 잠에서 깨어나지도 못하고 있는데 나는 신비로운 사막에서 이처럼 온화한 바람을 맞고 있다니 상당한 괴리감이 느껴졌다. 확인차 내 방이 있던 자리를 내려다보았는데 그새 모래가 가득 쌓여 천장은 온데간데없이 사라졌다. 당황한 나는 여자를 쳐다보았다.

 "이제 어떻게 돌아가요?"

 여자가 또 한 번 한심하게 보았다.

 "내 의지가 아니었잖아요. 난 지금 너무 피곤하다고요. 그동안 잠도 제대로 못 잤어요."

 "여긴 꿈 세계야. 넌 자고 있는 거라고."

"난 하나고 그 하나는 지금 여기에 있어요."

"아니, 방금까진 하나였지만 지금 넌 둘이고 하나는 침대 위에, 하나는 액터로 여기 있는 거야. 중간에 걸려 있다가 분리된 거지."

"말을 왜 그렇게 복잡하고 어렵게 해요?"

"네가 어렵게 알아듣는 거야. 그리고 난 그렇게 말한 적이 없어."

나는 더 이상의 언쟁을 포기하고 여자에게서 멀어져 걷기 시작했다. 발이 모래 속으로 쑥쑥 빠졌다. 흐무러진 거인의 몸 위를 걷는 기분이었다. 천장 위에 이런 세계가 있다니 믿어지지 않았다.

여자는 어떤 연유로 천장 아래를 보게 되었을까. 왜 나를 이곳으로 붙당긴 걸까. 어떻게든 여자와 나는 연결되어 있을지도 모른다. 일단은 여자의 말을 듣는 편이 나을까. 흰 선이 그 세계의 주인이었던 것처럼 사막의 여자도 이 세계의 주인일 테니까. 이제 막 올라온 신참인 나는 그를 절대 이길 수 없다는 게 내가 내린 결론이었다. 사실 언쟁이 귀찮았다.

사막 특유의 단색과 불변성 때문인지 감정은 금세 사그라졌고 얼마간 얼떨떨한 채 사막을 걸었다. 모세와 함께 길을 떠난 제자들도 이런 복잡하고 공허한 마음이었을까. 바람 소리에 묻혀 발소리가 점점 사그라들었다. 사방이 적요해졌다. 생각해 보니 여자는 정말이지 입 밖으로 말을 꺼낸 적이 없었다. 그런데 어떻게 대화가 가능하고 심지어 말소리가 들리는 착각에 빠지는 거지. 정말 이건 꿈인가? 난 분명히 깨어 있는데.

"여긴 대체 어디죠? 몇 년도? 과거? 미래?"

앞서 걷던 여자가 웅얼거렸다. 여자는 내 물음에 고개를 돌리거나 뒤를 돌아보는 등의 의례적인 반응을 보이지 않았다. 그건 나를 철저히 무시한다는 방증이었다. 기분이 나빠졌다. 고작 내 꿈에 나왔던 주제에.

"저쪽을 봐. 저기가 네 방이었고 방금 저기서 올라왔어."

"그러니까 말이 안 되잖아요. 여긴 위층이어야 하

는데."

"그건 네 기준이지. 우주가 고작 생활공간으로만 활용되는 줄 아나 보네."

"그게 아니면요?"

"넌 그 방대한 꿈이 요만한 인간들의 머릿속에서 무한대로 순환할 수 있다고 생각해?"

"말 그대로 그냥 꿈이잖아요."

"그럼, 공간이 필요 없다고 생각하는 거야?"

"실체가 없으니 당연히 그렇죠."

"그 많은 일을 겪고도 그렇게 확신하는 거야?"

그 말에 걸음을 멈추었다. 역시 여자는 구멍을 알고 있었다. 초면에 반말을 던질 때부터 심상치 않은 기운을 느꼈는데 그 예감이 틀리지 않았다.

"나에 대해 알아요?"

대화 상대를 배려하는 차원에서 걸음을 늦추는 일 따위 없이 여자는 일정한 속도를 유지하며 대꾸했다.

"네가 구멍에 뛰어든 사람이라는 거, 그건 알지."

"어떻게요?"

"난 너랑 다르니까."

"다르다?"

"응, 달라. 벌써 오래전에 죽었거든, 자다가."

반응할 의욕이 사라졌다.

"꿈꾸다가 죽었어."

"그게 어떻게 가능해요."

"여기서 땅을 파서 내 무덤까지 봤어. 오만한 소리 그만해."

"그러니까 여기가 그쪽 꿈속이라고요?"

"넌 지금 눈앞에 뭐가 보이는데?"

"뭐가 보이다뇨. 사막이잖아요."

"훗, 사막 같은 소리 하네. 난 지금 폐허가 된 도심 한가운데 있어. 괴멸 직전의."

"네? 아까 분명 무릎을 꿇고 모래를 만졌…."

"모래가 아니라 시체였어. 어떻게 죽은 건지는 모르지만 명복을 빌어 줬지."

말문이 막혔다. 그러니까 지금 우리가 각자의 꿈속에서 만났다는 얘기인가.

"넌 지금 네 꼴이 어떤지 모르지? 정말 가관인데."

순간 당황했지만 그렇게 말한 여자의 의상도 만만치 않았다. 유목 생활을 하는 베두인처럼 순결한 흰 천을 온몸에 두른 채였다. 여자의 꿈속이 괴멸 직전의 세상이라니 그런 세상에서 나는 무엇으로 존재할까. 무심코 무장한 내 모습을 떠올렸는데 근육이라곤 없는 몸이라 그렇게 썩 어울리진 않았다. 단순히 내 꿈에 여자가 등장했기 때문에 우리가 만나게 된 걸까. 여자와 나는 어떤 거대한 비밀을 공유하고 있기에 국적과 시대, 생과 사를 뛰어넘어서까지 만나게 된 걸까.

바람에 실려 가는 스카프처럼 나울나울 걷고 있는 여자를 돌아보았다. 고유상을 제외하고 구멍을 알고 있는 사람을 처음 만났는데 세상에 없는 고인이라니 기뻐해야 할지 동정해야 할지 알 수 없었다.

"나도 처음이야. 누가 자다 말고 날 발견한 것도 처음이고 나처럼 구멍을 아는 사람도 처음이야."

"전 한 명 더 알아요. 구멍을 알려 준 친구가 있거든요. 그 친구도 구멍 속으로 사라졌어요."

"그래? 그거 재밌네."

재미있다니 대체 어디가. 구멍을 아는 여자는 꿈꾸다 죽었고, 고유상도 구멍에 들어간 뒤 종적을 감추었다. 그 얘기는 구멍에 관련된 사람들은 죄다 죽거나 실종된다는 소리일까. 차라리 현실에서 죽는 게 낫지, 이런 미지의 세계에서 죽는 건 생각하기도 싫었다. 죽고 나서도 어딘가에 갇혀 있어야 한다면 그보다 끔찍한 게 있을까. 혹시 구멍에 미혹된 것처럼 이곳에 올라온 것도 저 여자의 마력에 걸려든 게 아닐까. 나는 미심쩍은 눈으로 여자를 주시했다.

"여기로 올라오라고 한 이유가 뭐죠?"

"이것 봐, 난 반복 기능 있는 녹음기가 아냐. 너 그대로 있었으면 미쳐 버렸을걸?"

"여기 있는 게 더 위험해 보이는데요."

"말이 안 통하네. 난 혼자가 편한 사람이야. 네가 돌아갈 마음만 있으면 언제든 돌아가면 된다고, 괜한 시비 걸 필요 없이."

"집 위치를 찾을 수가 없잖아요. 안내판도 없는 허허벌판에서, 제가 GPS도 아니고."

"어디든 파 봐. 거기서 택시를 타든 버스를 타든 집으로 돌아가면 될 거 아냐."

여자의 말엔 일리가 있었다. 이 아래엔 잠든 전 세계 사람들의 천장이 있을 것이고 그곳을 통하면 집으로 돌아갈 수 있을 것이다. 왜 진작 그 생각을 하지 못했을까.

"혹시 구멍이 어디에 있는지 알아요?"

돌아가려다 문득 물어보았는데 여자는 어깨를 가볍게 들어 올리곤 금시초문이라는 표정을 지었다. 어차피 알아도 말해 줄 생각이 없어 보였다. 나는 여자에게 안녕을 고하며 돌아섰다. 여자는 내 쪽은 쳐다보지도 않은 채 성의 없이 손을 휘휘 저었다.

그 후로 걷고 또 걸었다. 여자가 더 이상 보이지 않을 때까지 꿈속 사막을 하염없이 걸었다. 나중엔 체력이 다해 코와 입으로 숨 쉬는 감각이 전혀 느껴지지 않았고 얼마 못 가 주저앉았다. 그래, 이 정도 걸었으면 됐겠지. 이 어디쯤 집이 있을 것이다.

무계획과 비논리로 무장한 나는 모래가 쉽게 걷히는 상상을 하며 아무 자리에 퍼질러 앉아 모래를 파헤치기 시작했다. 곧 투명한 천장이 나타났다. 물론 예상한 장소는 아니었다. 어딘지 확인하기 위해 얼굴을 가까이 갖다 대고 유심히 들여다보았다. 그곳은 감옥이었다. 아마도 독방. 내려가선 안 될 불길한 장소였다. 나는 그 자리를 포기하고 다른 주변 땅을 파헤쳤다. 대부분은 늦은 밤의 방 안이었지만 장소와 시간은 무작위였다. 이런 세계에서 지리적 위치를 기준으로 생각하다니 여자가 나를 무시한 것도 일순 이해가 되었다.

열 번째로 흙을 팠을 때, 어느 한낮의 열차 칸이 보였다. 이국적인 외모의 여자가 잠에 취해 있었고 창밖 풍경이 너무 아름다웠다. 스위스? 네덜란드? 어느 나라의 봄날일까. 그래, 기왕 이렇게 된 거 해외여행을 가는 것도 나쁘지 않을 것이다. 천장 아래로 내려가려고 이제 막 다리를 뻗으려던 순간 나는 동작을 멈추었다. 만약 떨어졌는데 현재가 아니라면 어쩌지. 시대를 막론하고 천장은 존재한다. 이 중요한 사실을 여자는 왜 알려 주지 않은 걸까. 고민하는 사이 열차가 덜커덩거리면서 여자가 깨어났다. 그와 동시에 천장은 흔적도 없이 사라져 버렸다.

아쉬운 마음에 사라진 천장이 있던 자리를 일없이 손으로 훑고 있는데, 문득 의문이 들었다. 꿈에서 깨어났을 때 천장이 사라지는 거라면 내 방 천장은 왜 사라진 거지? 나는 아직 깨지 않았는데. 아무리 생각해도 이해가 되지 않았다. 꿈속이라는 걸 내가 인지한 상태에서 천장 위로 올라왔기 때문일까. 내 자아가 이곳에 있어서?

그걸 다시 확인해 보려고 100미터를 이동해 모래를 걸어 냈다. 이번에는 폭설이 내린 밤, 어느 중세 시대로 보였다. 돌문 옆에 선 수문장이 꾸벅꾸벅 졸고 있었다. 같이 보초를 서던 수문장이 그를 깨우자 천장은 사라져 버렸다. 역시 꿈에서 깨면 천장이 사라지는 게 맞았다. 나는 다른 흙을 걷어 냈다. 또 다른 흙, 또 다른 시대와 시간과 공간과 계절의 흙을 계속해서 걷어 냈다. 하지만 내가 내려갈 만한 천장은 보이지 않았다.

지칠 대로 지친 나는 마지막으로 한 번만 더 파 보기로 했다. 다행히도 어느 교실이었고 급훈에는 한글이 쓰여 있었다. 가까스로 한국의 천장을 찾긴 했지만 학생이 깨기 전에 내려가기란 쉽지 않아 보였다. 수업 중에 내가 천장 아래로 떨어지면 모든 이목이 집중될 것이다. 뛰어내리자마자 도망가면 되지 않을까. 적어도 여기 있는 것보다 낫잖아. 마지막이니 시도는 해 보자. 이번에도 쓸데없는 고민으로 시간을 허비했다. 내가 다리를 뻗었을 때는 학생이 깨면서 천장이 사라져 버렸다.

결국 천장 아래로 내려가려던 계획은 완전히 실패했다. 사막의 여자는 내가 실패할 거라는 사실을 알고 있었던 걸까. 실망감을 안고 다시 걷기 시작했다. 이제 어떻게 해야 할지 막막했다.

한동안 끝없이 펼쳐진 사막 길을 따라 걸었다. 지평선 위로 태양의 광구가 일렁였고 바람은 불지 않았다. 목이 마르지 않아서 실제로 겪고 있는 일인지도 모호했다.

"네 방을 못 찾았구나."

맨발에 닿는 액체 같은 모래 촉감을 신기해하며 걷고 있는데 저 멀리서 아주 태연한 목소리가 들려왔다. 사막의 여자였다.

"애초에 천장 아래로 내려갈 수가 없었어요."

"그래?"

"다 알고 있었던 거 아니에요?"

"글쎄. 넌 가능할 줄 알았어."

"왜 그렇게 생각했는데요?"

내 말에 여자가 나를 빤히 보았다. 내 얼굴에 답이 쓰여 있기라도 한 듯 끈질기게 오래도록 쳐다보았다. 민망해진 내가 그만 쳐다보라고 말했을 때야 여자는 겨우 입을 떼었다.

"…위로하자면 네가 지금 겪은 거, 나도 오래전에

다 겪은 일이야."

나는 하등 관심 없다는 듯 여자를 보았다.

"나도 그동안 전부 실패했거든. 어떤 천장 아래로도 내려갈 수가 없었어. 천장 위로 올라온 건 네가 처음이라 한번 지켜본 거야."

"그 말은 알면서 일부러 거짓말을 했다는 건가요?"

"거짓말은 아니지. 결과는 나도 몰랐으니까."

여자는 뻔뻔스럽게 그 말을 던지고는 내 옆을 스쳐 지나갔다. 나는 여자를 쫓아가며 물었다.

"사람들이 꿈에서 깼을 때 천장이 사라지는 원리라면 왜 난 깨지도 않았는데 천장이 사라진 거죠?"

"내가 말했잖아. 구멍을 아는 것도, 나를 본 것도 네가 처음이라고. 그건 특수한 경우야. 네가 이곳에 올라왔기 때문에 행위의 주체가 이동한 거지. 저 아래에서, 여기로. 그래서 천장이 닫힌 거야."

내가 한 추측과 비슷한 답변이었다. 그러면 천장이 열리고 닫히는 건 새로운 상황을 경계하고 각 세계를 보호하려는 이유에서일까. 식염수를 넣으면 자극을 받은 눈이 깜박이는 것처럼.

 모래 위를 사각거리며 걷는 소리가 들리지 않아 고개를 들었다. 사막의 여자가 걸음을 멈춘 채 등을 보이고 있었다. 이윽고 여자가 말했다.

 "나도 구멍을 봤었어."

 "어디서요?"

 "집에서."

 "어떻게 찾았는데요?"

 "찾은 게 아니야."

 "그럼요?"

 "이미 존재했던 거야. 내가 몰랐던 거지."

 이미… 존재했다….

 이미, 존재.

 여자의 말을 읊조리듯 반복하던 나는 바스러져 가는 한때의 과거로 두 손을 내밀어 보았다. 이사를 왔던 첫날의 광경이 손에 잡혔다. 그때 구멍 같은 게 있었던가. 그런 기억은 없었다. 있었다면 못 봤을 리가 없으니까. 그럼 내가 살고 있는 동안 생겼을 가능성은. 직접 보기 전엔 알 수 없겠지만 그럴지도 몰랐다.

"그런 옛날에도 구멍이 있었다니 믿기지 않네요."

내 말에 기가 차다는 듯 여자가 웃음을 터트렸다.

"이것 봐, 구멍은 인류가 만들어지면서부터 생겨난 거야. 설마 그런 예상도 못 했어?"

할 수 있을 리가. 인류의 탄생과 저 블랙홀 같은 구멍의 공통분모라고 해 봐야 우주밖에 없지 않은가. 우주의 입자에서 비롯된 무언가.

"넌 네가 왜 구멍과 얽혔는지 궁금하지도 않아?"

사막의 여자는 당연한 걸 궁금해하지 않는 내가 신기한 듯 물었다.

"친구 때문이라고 생각한다면 틀렸어. 구멍은 아무에게나 보이지 않거든."

아무에게나 보이지 않는다…?

"말 그대로야."

"그럼 내 눈엔 왜 보이는데요?"

"그건 아무도 몰라. 나도 내가 왜 구멍을 볼 수 있는지 모르니까. 단지 내 무의식이 그걸 보게 만들었다는 건 자명해."

 아까부터 한 템포씩 느려지던 걸음이 언제부턴가 아예 멈추어 있었다. 걸음을 걷는 게 무의미하다고 여겨졌다. 더 이상 앞으로 나아갈 수 없었다. 사막의 세계를 겪으면서 수없이 낮아지고 높아지던 뇌 속의 엔트로피가 구멍이 아무에게나 보이지 않는다는 여자의 말에 어지럽게 뒤섞이며 불티처럼 튀어 올랐다. 내가 구멍을 볼 수 있는 소수의 인물 중 하나라니 내가 왜 그런 인물이 되어야 하지? 고유상은 왜? 우리 둘 다 현실에서 도망치려고 해서? 행복한 삶을 살지 못해서? 구멍이라는 종말을 택해서?

 "그러니까 구멍이 너를 찾아왔다기보다 그 반대지. 끌어당긴 거야, 구멍을."

 내가 구멍을 끌어당겼다니 더욱이 이해되지 않았다. 나는 온 힘을 다해 구멍을 밀어내고 있는데. 구멍은 꿈처럼 반대로 해석해야 하는 걸까. 번뜩 눈앞에 고유상과 고유상의 텅 빈 집 안이 부유했다. 고양이처럼 얌전히 피자 박스에 들어간 구멍도 덩달아 부유

했다. 그러는 사이 사막의 여자는 저 멀리 빛나는, 활활 불타오르나 뜨겁지는 않은 인공 태양을 바라보며 협곡 다리 위에 앉아 있었다. 지고의 진리를 얻으려고 수행하는 티베트의 승려 같았다.

구멍에 관해 더는 생각하기를 포기하고 나는 스마트워치를 보았다. 너무 피곤해서 시계를 푸는 걸 깜박한 모양이었다. 체감으로는 몇 시간이 흐른 듯했는데 아직 새벽 2시였다. 현실에서 가져온 시계니까 틀릴 리는 없을 것이다. 수혜는 지금도 잠들어 있을까. 나는 텅 빈 눈으로 인공 모래바람을 맞으며 사막의 여자와 고유상과 구멍을 생각했다.

5

꿈과 방과 침대는 연결되어 있다. 사막의 여자가 그걸 알려 주었다. 나는 그 이후로 계속 내 방 천장을 찾아다녔다. 하루에 적어도 50번은 넘게 시도했을 것이다. 어느 날은 너무 화가 나서 모래 속에 드러누워 자학하기도 했다. 언제 왔는지 사막의 여자가 머리통을 모래 속에 뭉개고 있는 내 옆에 외로 누웠다. 꿈속의 태양은 밤이 없는 우주처럼 영원해 보였다.

"말했다시피 나도 오랜 세월 내가 있는 천장을 못 찾았어."

여자의 말은 전혀 위로가 되지 않았다. 나는 입안에

서 잔뜩 씹히는 모래를 뱉어 내며 고개를 치들었다.

"그때 방에서 자다가 죽었다고 했죠?"

"내가 잠든 건 방이 아니라 숲이었어."

"숲에서 왜 잠이 들었는데요?"

"잠이 들었다기보다 지쳐서 쓰러진 거야. 도망가는 중이었거든."

"왜요?"

"누가 날 쫓아왔으니까."

…그러니까, 숲에서 쓰러졌는데 깨어나고 보니 꿈속이었다는 건가.

"응, 내가 살던 시대는 1700년대였고 꿈속 세계는 미래 세상이었어. 내가 한 번도 상상해 본 적 없는."

1700년…? 오래전일 거라는 예상은 했지만 막상 실제 연도를 접하니 말문이 막혔다. 그 말은 거의 3세기 넘게 여기에 혼자 있었다는 얘기였으니까. 나는 경이로운 눈으로 여자를 바라보았다. 만약 300년 동안 갇혀 있어야 한다는 사실을 모르고 이 사막에 남겨졌다면 나는 언제쯤 자살했을까. 꿈속이라 자살을 해도 죽지 않을 테니 이 세계에서 내가 나를 죽이는 기이한 행위는 아무런 의미가 없을 것이다. 차라리 그 편이 나은가.

여자는 어느새 자리를 옮겨 한쪽 면이 바람에 깎여 척추처럼 기다랗게 형성된 경사면에 앉아 있었다. 이제 보니 내 꿈속의 사막엔 선인장도, 낙타도, 오아시스도, 모래폭풍도 존재하지 않았다. 그저 끝 간 데 없이 펼쳐진 여러 형태의 사구와 협곡뿐이었다.

죽을 당시의 사정을 듣고 나니 아직 말하지 않은 여자의 뒷이야기가 궁금했다. 더 듣고 싶었다. 나는 자세한 얘기를 들려 달라고 보챘다. 당연히 귀찮아하며 거절할 줄 알았는데 사막의 여자는 오로지 자신의 이야기를 들어 줄 사람을 만나려고 여태껏 그 오랜 세월 혼자 버텨 온 사람처럼 기꺼이 반겼다. 까마득한 옛날 일을 기억해 내려는 여자의 옆얼굴이 영원히 죽지 않을 황금빛으로 물들었다.

여자는 남편을 병으로 잃은 뒤 소일거리를 하며 평범하게 살고 있었는데 어느 날 마을 사람 중 하나가 여자를 마녀라고 고발했다. 남편이 죽은 게 여자의 탓이라는 소문이 돌았던 것이다. 여자는 그 소문을 믿은 자들에게 끌려가게 되었고 재판에 회부되어 십수 차례나 모진 고문을 당해야 했다. 그들은 여자를 발가벗겨 온몸의 털을 밀어 버리고 마녀인지 아닌지를 확인하려 몸 구석구석을 바늘로 찔렀고 손가락을 조여서 극렬한 고통을 주기도 했다. 그 과정에서 성폭력도 이어졌다.

어차피 여자의 재산은 몰수당할 것이고 여자가 거짓으로 자백하든 열렬히 무고를 외치든 결국엔 불에 태워지거나 참수를 당할 것이었다. 극악의 고통에 더는 버틸 재간이 없어진 여자는 어떻게든 이야기를 지어내어 자백하려고 마음먹었는데 다음 날 돌연 혐의를 벗고 풀려나게 되었다. 법정 회의 끝에 여러 번의 참혹한 고문을 견뎌 낸 데는 신의 가호가 있었다고 결론 내린 것이었다. 그런 사람은 마녀일 리가 없다고 말이다.

여자는 다시 일상생활로 돌아왔지만 또 잡혀갈지

도 모른다는 불안 때문에 잠을 이루지 못했다. 며칠 뒤 새벽, 통증과 씨름하며 한참을 뒤척이던 여자는 밖에서 들리는 인기척에 놀라 도망가야겠다는 생각이 들었고 근처 숲으로 대피했다. 숨이 턱까지 차올라 더 이상 달릴 수가 없을 때쯤 의식을 잃고 쓰러졌다. 이윽고 눈을 뜬 곳은 제3차 세계대전으로 인해 폐허로 변한 미래 배경의 꿈속이었다.

왜 그랬는지는 모르지만 이야기가 끝나자마자 나는 여자를 꼭 끌어안았다. 그렇게 한참을 서 있었다. 그때 희성에게 내가 해 줬어야 했던 건 바로 이런 위로였다고, 안는 순간 깨달았다. 처음에 당황스러워하던 여자는 곧 웃으며 내 등을 토닥였다.

"괜찮아. 너무 오래전이라 어디서 본 남의 얘기 같으니까."

등에 닿은 여자의 손이 따스했다. 나는 천천히 여자를 안았던 팔을 내렸다. 이제껏 말로만 듣던 악명 높은 마녀사냥을 당한 당사자가 바로 내 눈앞에 있었다. 구경거리를 보러 광장에 모인 사람들의 잔혹성과 온몸이 불길에 휩싸여 살갗이 타들어 가는 피해자들을 떠올리는 것만으로도 몸서리가 쳐질 지경인데 실제로 반인륜적인 고문을 당해야 했다니 그 비통함과 고초를 어떻게 헤아릴 수 있을까. 시대와 인종이 달라도 고통의 깊이는 다르지 않다.

"괜찮다니까. 그 고통은 잊은 지 오래야."

여자는 재차 그렇게 말했다. 하지만 나는 자그마치 수백 년이 흘렀기에 겨우 잊힌 거라고, 멋대로 단정했다. 나를 쳐다보는 여자의 얼굴이 평온해 보여 간신히 그 연민으로부터 헤어 나올 수 있었다. 얘기를 들려주어 고맙다고, 나는 뒤늦게 사례했다.

짧게 압축된 이야기만 듣고는 마녀로 몰리기 전 여자의 생애가 어땠는지 가늠할 수 없지만 구멍을 가지고 있었다면 그리 희망적인 삶은 아니었으리라 짐작했다. 그렇다면 여자는 그런 일을 당하는 사이 구멍을 보게 된 걸까.

"감옥에서 풀려났을 때 내 방에서 봤어."

여자가 대답했다.

고유상도 여자도 구멍을 방에서 봤다고 했다. 나의 경우 고유상에게서 구멍을 전달받았지만 어쩌면 나 역시도, 가지고 있을지 모른다. 내 방 어딘가에 구멍이 있을지 모른다.

…내 방.

그 두 음절로 된 구를 생각하자 은은한 풍경처럼 내 방이 그려졌다. 옷장과 거울, 침대만 존재하는 안방과, 그동안 열심히 사 모은 책들과 초등학교 때 쓴 일기장, 쇼핑몰에서 사 놓고 한 번도 쓰지 않은 물건들이 분류되지 않은 채로 산적한 창고방(어떨 땐 아늑한 다락방 같아서 책을 읽다 몸을 웅크리고 낮잠을 잔 적도 있다), 두 개의 방이 선연했다. 그러고 보니 내 방은 내 세계를 구축할 수 있는 곳이다. 내 온 정신의 기록이 그곳에 있다. 문을 열어 두든, 닫아 두든 오랜 세월 압축된 세계는 좀처럼 빠져나가지 않는다. 그 세계의 습기로 가득 찬 방엔, 끝에 무엇이 남게 될까.

…혹 구멍의 창시자는 결국 나일까.

"그때 지금의 꿈속으로 들어온 거예요?"

"응, 생전 처음 보는 세상이었어. 그 시대에 어떻게 그런 꿈을 꿀 수 있었는지 모르겠어."

"예지력이 있었던 게 아닐까요."

"그런가."

여자가 짚이는 게 있는지 고개를 끄덕였다.

"근데 이 아래에 현실 세계가 있다는 건 어떻게 알았어요?"

"미래 세상이 지옥도로 변해 가는 걸 한 달째 보고 있었나? 차 안에서 놀고 있는데 포탄이 바로 내 앞에 떨어지는 거야. 그런 걸 하도 많이 봐서 심드렁하게 밖으로 나갔는데 눈앞의 땅 일부가 맨살을 드러내고 있었어. 그냥 지나쳤으면 몰랐을 정도로 작고 투명한 세계였지. 나도 모르게 이끌려서 들여다봤더니 어느 방인 거야. 보물섬을 발견한 기분이었지. 그때부터 도구를 이용해 땅을 파기 시작했어. 설마가 아니라 그 공간은 진짜였어. 그래서 다른 땅을 파 봐야겠다는 생각이 든 거야."

"그때부터 지금까지 죽?"

여자는 우쭐하며 고개를 까딱였다.

"전 세계인의 자는 모습을 전부 지켜본 인간은 아마 내가 유일할걸."

그 정도면 관음증 아닌가.

여자의 따가운 시선이 꽂혔다. 꿈이라 그런지 생각과 말의 구분이 없어 생각하는 족족 다 들켰다.

"자는 사람 입장에선 깜짝 놀랄 일이니까요."

"말했듯이 너를 제외하면 나를 본 사람이 없어. 천장 위로 올라온 사람은 더더욱 없었고."

"내 방 천장을 왜 그렇게 오래 들여다보고 있었는데요?"

"글쎄. 널 보자마자 너에 대한 모든 걸 알게 됐어."

"내 모든 걸 알게 됐다고요? 너무 불공평한데요."

"그래?"

"적어도 이름 정도는 알려 줘야 하지 않아요?"

"이름?"

단숨에 생각이 나지 않는지 여자는 잠시 눈을 감았다. 지난한 세월에 쓸려가 버린 자신의 이름을 되찾으려고 안간힘을 쓰는 듯 눈살이 우그러졌다.

"…릴. 릴 아그네스. 넌?"

"유소예요. 이유소."

내 이름이 이렇게 어색하게 들리긴 처음이었다. 처음 보는 사람에게 내 이름을 알려 준 게 너무 오랜간만이어서일까. 릴은 내 이름을 듣더니 혀를 굴리며 발음을 연습했다. 나도 옆에서 그의 이름을 곱씹었다. 릴 아그네스, 릴 아그네스….

릴은 차가운 숲에서 정신을 잃고 쓰러져 꿈속에 갇혔고 그 황량한 미래에서 300년을 살았다. 꿈속에서는 죽지 못하니까 영원히 살 수밖에 없다. 그 전무후무한 공포와 외롭고 참담한 심정을 헤아리기에 나는 너무 미숙한 인간이었다. 릴의 입장에서는 적절한 대화 상대가 될 수 없었다. 그게 내심 미안했다.

"그동안 엄청나게 많은 방을 내려다봤을 텐데 왜 그쪽 방은 못 찾았을까요?"

릴은 어느새 다른 언덕에 앉아 있었다.

"…내가 죽었으니까."

"그럼… 만약 그쪽 천장을 찾게 된다 해도 아무 소용 없는 거네요?"

"천장이 있다는 건 꿈을 꾸는 내가 존재한다는 거잖아. 과거라는 얘기지."

그렇구나, 과거의 릴. 그 시절의 릴이 존재하는 천장이라면 릴은 내려갈 수 있다는 얘기인가. 하지만 릴이 3세기 동안 찾지 못한 천장을 내가 무슨 수로 찾는단 말인가. 나는 잠시 모래사막에 주저앉아 생각에 잠겼다. 일단 이곳은 꿈속이고 그 어떤 초자연적 일도 벌어질 수 있는 세계다. 무의식이 발현되는 공간이면서, 때로는 꿈을 꾼다는 사실을 자각하게 되기도 하는 이상한 곳. 바로 지금의 나처럼.

"자각몽…."

불현듯 떠올랐다. 릴이 쳐다보았다.

"전 지금 꿈속이라는 걸 알고 있잖아요."

"그래, 근데?"

"그럼 원하는 대로 꿈을 조종하는 게 가능해요."

꿈속에서 내가 꿈을 꾸고 있다는 사실을 깨닫는 것

이 자각몽이다. 그 꿈에서는 생각하는 대로 이루어진다. 그 속에서는 모든 것을 실현할 수 있다. 나는 시험 삼아 눈을 감고 사막이 바다였으면 좋겠다고 생각했다. 그 순간 사막의 모든 빛과 색들이 빗물이 흐르는 창 속의 세상처럼 흐릿하게 배합되더니 배경이 바다로 바뀌었다. 현란한 미디어 전시를 보는 듯했다. 나는 신나서 자리에서 일어났다.

"바뀌었어요."

"바뀌었다고? 지금?"

"네."

"뭘 바꾸었는데?"

"배경요."

"그렇게 쉽게? 그러면 내가 있는 천장도 찾을 수 있겠어?"

조심스러운 말투였지만 릴은 몹시 들떠 보였다. 여태껏 기다려 온 목표 지점을 목전에 두었으니 흥분하는 것도 이상하지 않다. 나는 대답 대신 나와 릴이 있는 천장을 떠올리며 모래사장에 빨간 깃발이 꽂힌 걸 상상했다. 하지만 눈을 떴을 때 전방에 빨간 깃발은 보이지 않았다.

"이 일대가 너무 넓어서 이동하면서 깃발이 꽂혀 있는지 찾아봐야겠어요."

그렇게 말하고 걸어가려는데 릴이 내 어깨를 붙잡았다.

"헬기를 타는 편이 낫지 않을까?"

나는 뒤늦게 깨닫고 릴과 '함께' 헬기를 타는 장면을 상상했다(우리는 서로 다른 꿈속에 있으니 릴의 눈에는 헬기가 보이지 않을 것이다). 릴은 미래 세상에서 헬기를 하도 많이 접해서 이제는 조종도 할 줄 안다고 젠체했다. 물론 꿈속이라 조종법을 몰라도 헬기는 뜰 수 있었다. 곧 릴의 눈앞에 헬기가 나타났다. 릴은 갑작스러운 선물을 받은 듯 즐거워했다.

우린 낮은 고도로 비행하는 헬기를 타고 아래를 내려다보며 깃발을 찾았다. 얼마쯤 찾아다니다 지치면 헬기를 해변에 세워 두고 백사장에 드러누워 휴식을 취했다. 파도 소리는 현실에서보다 부드러웠고 내가 만들어 낸 지평선은 고독해 보이지 않고 따뜻했다. 해결된 건 아무것도 없지만 바다를 보고 있자니 한결 마음이 편해졌다.

  나는 머릿속으로 음악을 흘려보냈다. 평소에 좋아하던 팝 음악인 노보 아모르(Novo Amor)의 〈앵커(Anchor)〉였다. 이게 통할 거란 생각은 하지 않았는데 전주가 흐르기 시작하자 나란히 앉아 있던 릴이 나를 돌아보았다. 정말 이 노랫소리가 들리는 걸까. 그의 눈빛만 봐도 음악이 통한다는 사실을 알 수 있었다. 우린 보이지 않는 이어폰에 의지한 채 각자도생의 세계에서 함께 노래를 들었다.

  오랜만에 음악을 들으니 밀린 잠이 쏟아졌다. 내 방 천장에서 올라오고 나서 시간이 얼마나 흘렀는지 알 수 없었다. 하루 같기도 하고, 몇 달이 흐른 듯도 했다. 처음보다 많이 평온해 보이는 릴의 모습이 눈앞에서 아른거리다 이내 사라졌다.

6

 낮잠에서 깨니 몇 시간이 지난 듯했다. 우린 다시 헬기를 타고 두 번째 수색에 나섰다. 너무 오래 타서 멀미가 올 때쯤 멀지 않은 해수면에서 빨간 깃발이 나부끼는 게 보였다. 헬기 방향을 돌려 착륙 준비를 했다.

 내려서 수심을 살피니 꽤 깊어 보였다. 헤엄을 쳐서 도달해야 할 것 같았다. 일단 물속으로 들어갔다. 정작 발을 넣고 보니 수심은 얕았다. 물공포증이 있어 무의식중에 얕은 바다를 상상한 모양이었다. 그렇게 앞을 내다보며 물길을 헤쳐 나갔다. 얼마 안 가 해

풍에 휘날리고 있는 깃발이 선명히 윤곽을 드러냈다. 이제 천장을 확인하는 작업이 남아 있었다. 물속에서는 천장을 확인하는 게 불편해서 아무것도 없는 가상 공간으로 배경을 바꾸어야 했다. 배경을 바꾸자 휑한 공간 위로 깃발이 툭 쓰러졌다.

나는 천장 아래를 보며 거기가 어디인지 가늠하려 했다. 사람은 보이지 않고 진눈깨비가 성글게 얼어붙은 허허벌판만 보였다. 시시로 바람이 불면 흙이 가늘게 휘어지며 흩어졌다. 도무지 잠든 사람이 보이지 않아 나는 당황했다. 자각몽에도 오류가 있을 수 있나.

그때 내 곁으로 릴이 다가왔다. 무릎을 꿇더니 믿기지 않는다는 얼굴로, 그곳을 내려다본다.

"내 무덤이야."

"네?"

"그때 내가 무덤을 봤다고 했잖아. 저 아래 내가 묻혀 있어."

"아무것도 없는 저 땅이 무덤이라고요?"

"저기 나만 있는 게 아니야. 아마 여러 명이 묻혀 있을 거야."

아무리 봐도 그냥 판판한 땅바닥인 그곳을 나는 재차 보았다. 매서운 겨울바람 때문에 보기만 해도 얼굴이 아렸다. 저렇게 버리듯 묻어 버렸구나, 그 억울한 원혼들을. 대충 구덩이를 파고 묻은 탓에 언뜻 유골이 보이는 것도 같았다. 나는 그 처연한 땅을 오래 바라보았다. 그들의 존재조차 모르는 아랫대 사람들은 그저 밟고 지나가는 땅바닥으로만 여길 텐데, 시끄럽지 않을까. 꺼내서 옮겨 주고 싶었다. 따뜻한 곳으로.

그런데 천장이 왜 열려 있지, 저들은 죽었는데. 그런 의문이 든 건 그때였다.

"죽었는데도 천장이 나타날 수 있어요?"

"꿈을 꾸다 죽었으면 가능해. 나처럼."

"그럼 영원히 닫히지 않는 건가요?"

"그럴 거야."

여자는 자신의 무덤에서 눈을 떼지 않고 나지막이 고개를 주억였다.

영원히 닫히지 않는 천장, 그 아래 묻힌 사람들. 누가 이들의 죽음을 기억하라고 우리를 연결해 준 걸까. 전 세계의 역사적 사건들, 학살, 재난 재해, 대형 참사에 희생된 넋들도 어쩌면 이곳 꿈속에서 살아가고 있을지 몰랐다. 숨이 끊어지는 순간에도 어떤 꿈을 꾸고 있었다면.

"이제 어떻게 할 거예요?"

"내려가야지."

릴의 대답은 확고했다.

"춥지 않을까요. 어느 시대인지도 모르고."

"초반에 우연히 내 무덤을 봤지만 그때는 내려가지 않았어. 나중에 두고두고 후회했지. 다시 찾으려 해도 찾을 수가 없었거든. 이렇게 기회가 왔을 때 잡아야 해. 어떤 시대여도 상관없어. 난 어디에서든 나로 살아갈 수 있으니까."

릴은 완강하게 말하곤 천장에 걸터앉아 내려갈 준비를 했다. 내려가기 직전에 날 한번 돌아보는 것도 잊지 않았다.

"유소."

릴이 손을 뻗어 내 손을 잡았다. 그리 길지 않은 시간이었는데도 떨어지려니 슬픈 감정이 들었다. 릴도 같은 마음인 듯했다. 예전에 흰 선과 헤어질 때도 이런 기분이었던가. 나는 릴이 행복하길 바란다고 말하며 그의 손을 꼭 붙잡았다.

"고마워. 그리고 미안해, 내가 먼저 내려가서. 근데 넌 한 달도 안 됐잖아. 난 몇백 년이나 기다렸고. 이해하지?"

릴은 진지해지는 게 싫은지 굳이 장난조로 말했다. 솔직히 말하면 바짓가랑이라도 붙잡으며 가지 말라고 애원하고 싶었다. 여기 나 혼자 남겨진다는 생각만 해도 무서웠으니까. 하지만 양심상 그럴 수 없었다. 나는 릴을 놓아주어야 했다.

우린 마지막으로 진한 포옹을 나누었다. 그렇게 릴은 천장 아래로 내려갔고 난 영원히 후일담을 알 수 없게 되었다. 아무리 릴이 있는 천장을 찾아도 깃발이 나오지 않았기 때문이다. 나는 릴이 어떤 삶을 살든 영원한 자유와 안식을 얻길 바랐다.

 이후 나는 수십 년간 내 방을 찾아다녔다. 태양이 있어도 낮인지 밤인지 헤아릴 수 없는 기묘한 천장 위의 시간을 따라, 걷고, 뛰고, 헬기에 의지하면서. 하지만 매일같이 천장 위로 올라온 날짜를 머릿속에 떠올려 텔레파시를 보내도 내 방의 깃발은 어딘가에 깊게 파묻혀 있는지 도저히 보이지 않았고 결국 그 일에 번아웃이 온 나는 내 방을 찾는 걸 잠정 중단해야 했다. 나처럼 구멍을 가진 자를 병적으로 찾기 시작한 건 그때부터였다.
 구멍을 가진 자의 천장을 전부 보여 줘.
 얼마 뒤 수없이 많은 빨간 표지가 공중에 떠 있었다. 당장 시야로 들어오는 걸 눈대중으로 세어 보니 대략 400개 정도 되는 것 같았다. 구멍을 가진 사람들이 이렇게 많다는 건 무얼 의미할까. 더 멀리 나가면 더 많이 볼 수 있을 것이다. 그렇게 표지가 보이면 천장 아래를 구경하는 걸 낙으로 삼으면서 하루하루를 버텼다.

전 세계의, 전 시대의 사람들이 자는 모습을 보는 건 분명 경이로운 경험이었다. 최초의 인류부터 현생인류로 남은 호모사피엔스에 이르기까지 고대, 근대, 현대를 넘나드는 각국의 인간들이 저마다의 환경에서 취침하는 광경을 본다는 건 영광스럽기까지 했다. 가장 고무적인 건 원시시대에도 구멍이 존재했다는 사실이었다. 릴의 말이 맞았다. 나는 죽음을 처음으로 인식한 원시 부족이 장례 의식을 치르는 것도 보았다. 한 소녀의 단출한 잠자리에 구멍이 있었다.

태양이나 땅, 하늘 같은 자연계가 없는 가상공간에 오로지 투명한 천장만이 존재하고 있으니 컴퓨터 속 세계에 들어온 것 같았다. 내가 첨단 과학을 이끄는 국제적 시스템의 일원이 된 것 같기도 했다. 초반엔 타인의 자는 모습을 엿보는 게 꺼려지기도 했지만 그 사실은 금세 잊혔다.

사람들의 모습은 제각각이었다. 어떤 건물에서 야근하다 잠든 직원, 어떤 섬에서 불을 피워 놓고 잠든 부족, 하늘을 나는 비행기에서 잠든 승객, 울었는지 휴지를 잔뜩 쌓아 두고 엎드려서 잠든 학생, 나체로 잠든 커플들, 아기를 재우다 잠이 든 여자, 입원실 간이침대에 누워 쪽잠에 든 보호자들. 마치 내가 신이 된 듯 훤히 들여다보였다. 잠깐이나마 릴의 거만한 태도를 이해했다고 해야 할까. 동물들이 자는 모습은 보이지 않았다. 잠든 반려인 옆에서 노는 고양이나 뒤척이는 강아지만 있을 뿐. 동물들에게는 구멍이라는 복잡하고 어둑한 존재가 있을 것 같진 않다는 막연한 짐작이 들었다.

사람들은 제각기 어떤 삶을 살아가더라도 밤이 찾아오면 최면에 걸린 듯 잠자리에 들었고 그곳이 어디든 주변 세계는 고요한 침잠을 준비했다. 모든 세계가 고적한 호수처럼 멈춰 있었다. 순수하고 거대한 인큐베이터 같았다. 잠들 때만큼은 누구나 아기로 변모한다.

어떤 날은 허무주의에 빠졌다. 세상 곳곳에 흩어진, 구멍을 가진 자들의 생활상이 한눈에 보이니 현실 속의 나는 얼마나 소립자 같은 작디작은 존재였나 실감이 되었다. 그런 날은 우울해져서 천장 아래를 보는 일을 중단하고 일찍 잠에 들곤 했다.

천장에 번호를 매겨 구멍을 가진 사람들을 1만 명 가까이 확인했을 때쯤(반은 침대에서 자고 있었고 반은 다양한 장소에서 졸고 있었다), 내가 지금 무얼 하고 있는지 회의에 빠졌다. 나는 내 방을 찾아야 하고 수혜를 깨워야 하며 출구인 구멍을 찾아 현실 세계로 돌아가야 했다. 하지만 불쑥불쑥 모든 게 다 귀찮아져서 당장 나의 존재를 없애고 싹 다 잊고 싶었다. 전부 회피하고 싶었다.

땅 위에 존재하는 인간들의 위에 누워 있는 내가 볼 수 있는 건 그들의 잠든 모습뿐이었다. 내 방을 찾지 못하면 나는 영영 그 모습만 지켜봐야 할지도 몰랐다. 그렇게 생각하자 가슴 한편이 푹 꺼지는 듯한 절망이 찾아왔고 제아무리 푹신한 베개와 침대를 만들어 놓아도 몸과 마음이 편해지지 않았다. 분명 얼마 전까지만 해도 감각 영역이 둔해서 몽환 속에서 투명한 숨을 뱉어 내는 기분이었는데 이곳에 점점 적응되고 있는지 착잡한 현실에 생각이 가닿을 때면 유독 신경이 곤두섰다. 숨길에 회백색 이물질이 낀 것처럼 호흡도 불안정했다.

슈뢰딩거의 고양이가 된 나는 여전히 침대에 누워 있을 것이고, 집에 누가 찾아오지 않는 이상 내가 깨지 않는다는 걸 모를 것이다. 만약 깨어난 수혜가 나를 발견한다면 어떻게 대처할까. 당사자가 실종된 게 아니니 경찰에 신고도 못 할 것이다. 처음엔 죽은 줄 알고 신고하려 했으나 곧 내가 새근새근 잠들어 있다는 걸 알게 될 테고 결국 112라는 숫자 버튼은 눌러지지 않을 것이다.

수혜는 내 곁을 지킬까, 아니면 병원에 데려갈까. 며칠 동안 친구가 잠에서 깨지 않는 게 이상해서 데려왔다고 해야 할까. 그럼 나는 현재 병원에 있을지도 모른다. 하지만 곧 MRA 검사 결과가 나올 것이고 수혜는 잠드는 병 같은 게 아닌, 뜬금없이 뇌로 가는 혈관이 막혔다는 소리를 듣게 될 것이다. 어찌 되었든 나는 다시 집으로 돌아와 침대 위에 눕혀지게 되겠지. 내 결론은 이러했다. 수혜가 간병 같은 걸 해 줄지를 예상하면 반반의 확률이었다. 그렇게 할 수도, 안 할 수도 있는 친구였다.

의사가 내 병을 알려 주기 전에도 나는 그 병을 아는 것처럼 살아왔다. 내 안에 종류를 알 수 없는 병이 분명 존재할 거라 생각해 왔다. 평생을 태양의 비호 아래 있었는데도 살면서 단 한 번도 '빛 속에서' '환하게' 살아 있다는 느낌을 받지 못했다. 대신 무력감이 그 위를 덮어 버렸다. 언제 죽어도 상관없다는 생각은 일상에 만연했고 좋은 일이 생겨도 결국 끝은 죽음이겠지, 하는 비관에 빠졌다.

누가 나에 대해 설명하라고 하면 '구정물에 젖어 들어가는, 어느 날부턴가 쓰기를 중단한 줄 노트' 같다고 말했을 것이다. 어차피 끝이 구정물이라면 굳이 마무리하고 싶지도 않고 그냥 내버려두고 싶은 기분이랄까. 줄 노트에는 입력란만 있고 출력란이 없다. 그건 2차원으로밖에 쓰이지 않는다. 3차원 구멍을 뚫어 글자를 내보낼 수도 없다. 취소선을 긋는 것도 아무런 의미가 없다. 취소해 봤자 그 감정의 모체는 어차피 내면에 남아 흡수될 테니까.

처음 사회에 진출했을 때도 나는 남들처럼 열성적으로 노력하거나 미래에 매달리지 않았다. 새로운 도전은 되도록 피했다. 할 수 있는 만큼 무기력하게 살고 싶었다. 세상의 많은 문제들을 견뎌 낼 만한 내성이 없는 인간이라 그런 영향권에 들어가면 견디기가 힘들었다. 모든 일상이 버거웠다. 안 좋은 것들로 가득 찬 마음을 비우려면 배출구가 필요한데 내겐 그것이 부재했다. 언제든 드나들 수 있는 구멍 같은 것이 내겐 없었다.

내 어두운 내면을 한껏 배출하고도 아무런 타격이 없는 세상. 내 속의 것들을 무한대로 비워 내도 아무런 지장 없이 당연한 듯 수용되는 세계. 어쩌면 나는 그런 곳을 꿈꿨는지도 모른다. 어쩌면 구멍 속이 그런 곳인지도 몰랐다. 내내 헤매고만 있지만.

릴이 떠나고 처음 3년은 선사시대 이주민처럼 천

장을 찾아다니며 계속 장소를 이동했다. 이 황량하고 드넓은 세계에서 누군가 찾아온다는 기대감 없이 혼자 지내는 건 쉽지 않았다. 그동안 숱하게 다양한 인간군상을 보았고 잠든 아이에게 동화책을 읽어 주듯 천장 위에서 독백한 적도 많았다. 하지만 그 누구도 내 얘기를 듣지 못했고 극지방 호수에서 혼자 떠든 것처럼 공허한 울림만 메아리쳐 돌아올 뿐이었다.

내가 아는 사람의 방을 처음으로 발견한 건 5년이 훌쩍 넘은 어느 날이었다. 그 사람은 엄마의 오랜 지인이었다. 거절을 잘 하지 못하는 엄마 성격을 알고서 심심하면 돈을 꿔 가고 보험을 권유하던 사람이었다. 한번은 내가 참지 못하고 더는 전화하지 말라고 엄포를 놓고 끊은 적도 있었다. 왜 하필 그 아줌마의 방이 보였는지는 모르겠지만 노인이 된 아줌마의 기운은 썩 좋지 않았다. 이제는 잠든 모습만 봐도 그 사람이 살던 삶의 형태가 보일 정도였다.

엄마와 아빠가 내가 성인이 되기 전에 이혼한 데에는 그 아줌마의 영향이 컸다. 사기로 거액을 날린 여파로 재정이 흔들렸으니까. 그 후로 아빠는 새 가정을 꾸려 집을 나갔고 간호사였던 엄마는 나와 몇 년을 같이 지내다 해외에 일자리가 생겨 떠나 버렸다.

그 후로도 내 인생을 스쳐 갔거나 나와 한 번이라도 만난 적 있는 사람들이 드문드문 나타났다. 여태 보이지 않았던 건 내 인간관계가 좁아서였다고 생각했다.

그 시기가 지나자 위치감각은 물론이고 기를 쓰고 기억하려 했던 날짜마저 점점 희미해져 갔다. 그렇게 타성에 빠져서 무신경하게 천장을 내려다보던 날이었다. 어떤 남자의 오피스텔이 보였다. 실내가 어두워서 거기에 유상이 있다는 걸 한참 뒤에야 알았다. 층고가 높았고 통창으로 달빛이 새어 들고 있었다.

유상은 침대에서 잠든 남자 옆에 서서 그를 고즈넉이 내려다보았다. 곧 유상은 남자의 전화를 대신 받더니 남자가 너무 취해서 통화가 어렵다고 상대방에게 전했다. 내 짐작으로 회식 자리에서 만취한 남자를 유상이 부축해 데려온 것 같았다.

잠시 뒤 무거운 얼굴로 현관을 향해 걸어가던 유상은 뒤에서 날아오는 자신을 향한 욕설을 듣고 거동을 멈추었다. 남자의 잠꼬대였다. 유상의 인내력은 그 순간 제어가 되지 않았고 남자의 목을 조르는 행위로 분출되었다. 남자는 자신이 살해당하는 줄도 모른 채 곯아떨어졌고 유상은 손아귀에 온몸의 힘을 실어 숨통을 끊는 데 집중했다.

끝내 악수를 둔 유상은 손을 덜덜 떨면서 마른세수 했고 하늘을 보듯 위를 올려다보며 절박한 심정으로 기도하다 나와 눈이 마주쳤다. 천장 위로 올라온 이래 처음으로 천장 위를 볼 수 있는 사람이 나타났는데 그게 다름 아닌 고유상이었다.

"당신은 신인가요."

유상의 첫마디는 그랬다. 나를 제대로 못 본 건 이해하지만 그래도 이런 몰골이 신이 될 순 없었다. 이런 삶의 태도로는 신이 될 수 없었다.

"제가 생각했던 모습과는 많이 다르네요…. 전 이제 어떻게 살아야 할까요."

유상은 천천히 무릎을 꿇었고 머리를 싸매며 괴로워했다. 어떤 위로의 말도 나오지 않았다. 유상은 다시 힘겹게 일어서더니 터덜터덜 문을 열고 나갔다. 문이 닫힘을 알리는 소리가 그의 비명처럼 들렸다. 남자가 꿈을 꾸는 상태에서 죽은 건지, 오피스텔의 천장은 사라지지 않았다. 나중에 경찰과 과학수사대가 와서 시신을 수습하고 떠났을 때도 그대로였다. 나는 천장을 모래로 덮었다. 그때야 유상이 왜 구멍에 들어갔는지 알게 되었다.

아마도 구멍은 아주 오래전부터 유상의 곁에 존재했을 테고 유상이 구멍을 발견한 건 저 남자를 죽이고 난 뒤가 아니었을까. 고통스러운 현실에서 도망치기에, 자신의 죄를 등지고 은신하기에 구멍은 아주 매력적인 도구였을 테니까.

가족을 포함해 내가 아는 사람 중 절반은 구멍을 가지고 있었다. 수혜의 천장이 나타난 건 고유상 일을 겪고 4년이 흐른 뒤였다. 지금보다 앳돼 보이는 수혜가 한쪽 눈에 안대를 하고 팔다리에는 붕대를 감고서 입원해 있었다. 그의 가정사나 사생활에 대해선 들은 바가 전혀 없어서 무슨 사정인지 알 수 없었지만, 잠든 수혜의 수척한 얼굴을 보고 있자니 몇 가지 깨닫게 되는 것들이 있었다. 몇 해 전부터 가족과 친척에게서 등을 돌린 채 살았다는 것, 이유는 어릴 때 겪은 친오빠의 폭력 때문이라는 것, 그때나 지금이나 수혜의 편은 아무도 없다는 것.

수혜가 혼자 산 지 오래되었다는 건 알고 있었지만 은연중에라도 내색하지 않아서 그런 이유로 일찍 집을 나왔다는 건 처음 알았다. 수혜는 소파에서 잠든 때처럼 꽤 오래 잠을 잤고(꿈에서 깨지 않으려 애쓰는 것 같았다) 하루가 지나도 그 병실에 모습을 드러낸 건 간호사밖에 없었다. 나는 천장이 닫힐 때까지 잠든 수혜에게서 눈을 떼지 않았다.

가까스로 날짜를 기억하여 현재의 시간으로 존재하는 내 방을 찾은 건 그로부터 10년 뒤였다. 자못 떨리는 마음으로 아래를 보니 침대에 누운 내 모습이 아련하게 비치었다. 얼굴은 지쳐 보였고 눈살이 모아져 있었다. 무엇이 고통스러워서 잠을 자면서도 인상을 쓰게 되는 걸까. 예상보다는 세월이 많이 흐르지 않았는지 외모에서는 특별히 달라진 점이 없었다. 같은 의미로 내 방도 그대로였다. 현재의 시간이 얼마나 흘렀는지 궁금해졌다.

조심스레 천장 아래로 내려와 발을 디딘 순간이었다. 침대에서 금방 자다 깬 듯이 멍한 기분이 들면서 잠시 어지러웠다. 쓰러지듯 침대에 누워 눈을 감고 있다가 휴대폰을 확인했다. 고작 2개월이 흘러 있었다. 무엇이든 달라지기 힘든 시간이었다. 방을 나와 거실로 향했다. 다행히 소파에 누운 수혜의 모습은 보이지 않았다. 대신 베란다로부터 쏟아져 들어오는 햇살이 소파의 가죽을 따스하게 보듬고 있었다.

'밤 세계….'

아이러니하게도 낮을 보고 있자니 밤 세계가 떠올랐다. 천장 위로 올라가기 전 밤 세계를 앓았던 내가 생각났다. 수십 년 고생하고 내려오니 그토록 괴로워했던 밤 세계가 끝나 있었다. 천장의 세계를 겪고 밤 세계가 사라졌다는 건 어떤 의미일까. 나는 한동안 햇빛을 만끽하고 서 있었다. 그 뒤엔 냉장고로 가서 생수를 한 사발 들이켰다. 청량감이 목 안 가득 퍼졌다. 천장 위에서는 잘 먹지도 않았지만 먹는다 해도 아무런 맛도 나지 않았다.

소파에 앉아 그동안 도착한 메시지를 확인했다. 각종 광고는 물론이고 수혜로부터 셀 수 없이 많은 연락이 와 있었다. 나를 진심으로 걱정하는 사람이 한 명이라도 있어서 다행이란 생각이 들었다. 그게 수혜여서 더 고마웠다.

곧바로 수혜에게 전화를 걸어 만나자고 했다. 수혜는 그러지 않아도 지금 너희 집에 갈 생각이었다면서 깨어나 줘서 고맙다고 말했다. 넌지시 그때 일을 물어보니 자신은 2주 뒤에 깨어났는데 나는 몇 날 며칠을 옆에서 지켜봐도 깨지 않아서 구급차를 불렀고, 집에 찾아온 구급대원은 그냥 잠든 거니 걱정하지 말라면서 안심시켰다고 했다. 그게 두 달이 될지는 꿈에도 몰랐다면서.

통화를 끝내고 욕실로 들어가 한참을 씻었다. 꿈속 세계에서 벗어난 걸 축하한다며 세상이 환대하는 기분이었다. 정성 들여 몸을 씻는 행위가 일생 처음으로 순결하고 성스럽게 느껴졌다. 의욕 없고 우울한 날에 씻지도 않고 잠들었던 과거의 밤들이 떠올랐다. 그 버릇은 이제 버릴 수 있을 것 같았다.

개운한 몸으로 머리를 말리고 옷을 갈아입었다. 나가려고 가방을 들었는데 너무 오래되어서 현관 비밀번호가 생각나지 않았다. 소파 위에 가방을 다시 내려 두고 멍하니 서 있는데, 어디선가 진동이 연속으로 울렸다. 휴대폰을 확인했지만 전화나 문자는 아니었다. 구멍 속에서만 느껴지는 특유의 기시감이었다. 나는 사뭇 낯설어 보이는 거실을 눈으로 훑었다. 주방과 내 방을 확인하고 마지막으로 창고로 쓰는 방으로 향했다. 진동은 그곳에서 울리고 있었다.

잡동사니를 옆으로 치우고 맨 뒤에서 진동이 울리는 종이 박스를 끄집어냈다. 이사를 오고서도 정리하지 않고 한참을 방치했던 책들 위에 수혜가 잠들었던 까마득한 그날 수영장에서 가져왔던 휴대폰이 놓여 있었다. 그때 분명 휴대폰 주인을 찾아 주려고 가져왔었는데 밤에 갇히게 되면서 프런트에 맡기는 일을 완전히 잊어버렸던 모양이다.

액정 화면엔 평범한 가로수를 찍은 풍경 사진이 있었다. 메시지를 확인하니 수영장에서 보았던 문자 외에도 1000건이 넘는 문자가 도착해 있었다. 심지어 오래되어 삭제된 문자조차 꽉 차 있었다. 첫 번째 문자를 확인했다. 발신인도 수신인도 없었다.

[나는 고유상이다. 구멍 속에 들어왔으며 그림자가 된 지는 2034일 되었다.]

느닷없이 고유상이 등장하는 바람에 놀라서 휴대폰을 떨어뜨렸다. 수영장에서 주운 휴대폰이 고유상의 것이었다니 이걸 우연이라고 할 수 있을까. 그의 휴대폰은 대체 왜 그 수영장에 있었을까. 집에 있는 모든 걸 없애 버릴 만큼 현실을 놓아 버린 고유상이 호텔 수영장에 가는 일 따위를 벌일 리가 없었다. 그게 아니라면 호텔 측에서 수영장 관리에 허술했던 걸까. 일반적으로 물놀이할 때 휴대폰을 가지고 물속에 들어가는 사람은 거의 없을 텐데.

  다음 문자도 자신의 이름을 알리며 시작되었다. 처음엔 놀라긴 했지만 문자를 읽어갈수록 '고유상'이라는 이름에 묘한 위안을 느꼈다. 나 외에 이상한 세계를 겪고 있는 또 다른 인간이 있다는 위로가.

  그렇게 수혜와의 약속을 잊은 채 1000건이 넘는 문자를 그 자리에서 전부 다 읽었다. 고유상은 자신의 독백이 휴대폰으로 전송된다는 것도 모른 채 구멍에 들어간 순간부터 오늘까지의 일을 머릿속으로 브리핑했고, 때로는 자신의 처지를 한탄하고 때로는 기뻐하거나 슬퍼하며 하루를 보냈다. 내가 읽은 문자를 대충 요약하자면 다음과 같았다(지금의 내 상황과 무슨 상관이 있는지는 모르겠지만 기록용으로 남겨 둔다).

  고유상은 구멍으로 들어간 뒤 눈을 떴고, 그곳이 그림자 세계라는 걸 알았다. 물론 자기 자신이 그림자인 세계였다. 그는 자신이 인간의 그늘이 될 거라곤 전혀 생각지 못했고 그림자가 된다는 건 엄청난

고역이라는 걸 깨달았다. 왜냐하면 현재의 '나'를 거부하는 순간, 땅바닥에 쓸려 다니는 고통이 고스란히 전해졌기 때문이다.

하루는 괜찮다가 또 하루는 미치도록 아프다가. 죽고 싶어도 죽지 못하고 겨우겨우 한 달을 버텼을 때쯤, 이상한 일이 벌어졌다. 정확히는 일식이 있던 날이었다. 유상은 일식을 그때 처음 봤다고 했다. 인간이었을 때도 본 적 없던 일식을 누군가의 그림자가 되어 목격했는데, 꼭 구멍을 보는 것 같았다고 한다.

그때까지도 그 생활에 적응하지 못한 채 상처와 멍자국이 가득한 몸을 내려다보며 뜬눈으로 밤을 지새우던 유상은 창밖으로 그 일식을 보자마자 정신을 잃었고 깨어나 보니 동굴 안에 누워 있었다. 돌 때문에 등이 조금 배겼지만 참을 만했다. 주변엔 헬멧과 보호 장비를 찬 남자와 여자, 사진을 찍는 조수 등 여러 명이 있었다.

정황상 어느 정도 짐작은 갔지만 자신의 주인 얼굴에 묻은 진흙을 브러시로 털어 내는 행동을 보고는 바로 알아차릴 수밖에 없었다. 유상은 백골 사체의 (정확히는 두개골의) 그림자였고, 그 사람들은 고고학자들이었으며, 유상의 주인은 죽은 지 약 30만 년 만에 발견된 호모날레디라는 초기 인류였다.

영원히 인간의 그림자로만 살 줄 알았던 유상의 삶은 새로운 전환점을 맞이하게 되었고 일식이 있을 때마다 자신의 형태가 변한다는 걸 알았다. 동물로 치면 탈피에 속했다. 시기도, 장소도, 경험도, 모든 것이 새로웠고 달랐다. 무작위적인 그림자 세계였다. 유상은 언젠가 행성의 그림자가 되었을 때가 가장 좋았다고 고백했다. 마지막엔 다음 일식 때는 또 어떤 존재의 그림자로 살게 될지 고대하고 있다, 인간만 아니면 좋겠다, 그게 현재로선 나의 유일한 희망이다, 라고 끝맺었다.

7

 무수한 시간 속에서 광대한 천장 위 세계를 겪고 돌아왔지만 변한 건 없었다. 나는 여전히 구멍 속에 있었고 여전히 출구를 찾지 못했다. 사건의 지평선을 넘은 인간처럼 현실에선 불가능한 걸 경험했지만 여전히 나라는 울타리 속을 빙빙 돌고 있었고 구멍과의 거리는 조금도 좁혀지지 않았다.

 2개월간 멈추었던 일상은 돌아와 현재를 재인식한 시점부터 다시 흘러갔고 매일매일 릴과 헬기로 수색하던 그 시절처럼 차를 타고 나가 의무적으로 구멍을 찾았다. 하지만 내가 있는 좌표를 고의로 피하는 것처럼 구멍은 보이지 않았다. 간혹 맨홀 따위를 구멍으로 착각한 적은 있었지만 피자 박스 속의 그 어두운 광채를 지닌 물질은 좀처럼 눈에 띄지 않았다.

만약 출구를 찾기 위해 전 세계를 다 뒤져야 하는 거라면 그땐 어떻게 해야 할까. 그건 내게 사형 선고나 다름없었다. 현실을 벗어나려 구멍 속에 잠입했는데 현실보다 더한 난제는 겪고 싶지 않았으니까. 출구를 찾아 현실로 복귀하는 것이 진정 내가 원하는 일인지도 불분명했다. 현실로 돌아가게 되면 또다시 지겨운 삶 속에 놓이게 될 것이다. 그렇다고 이곳에 영원히 갇히고 싶은 마음도 없었다.

'그것은 입구이자 출구다.'

맨 처음 구멍에 들어가기 전에 받은 문자가 떠올랐다. 그 문자가 아니었다면 나는 구멍을 찾을 생각조차 하지 않았을 것이다. 그 문자를 보낸 이는 내게 구멍을 탈출구로 쓸 방법을 알려 준 걸까. 그는 누구이며 구멍에 대해 어디까지 아는 걸까. 설마 구멍의 존재가 직접 내게 보낸 문자일까.

오전에 카페에서 수혜를 만나 구멍에 얽힌 사건들을 기억나는 대로 들려주었다. 물론 천장에서 본 모습은 함구했다. 내 얘기를 전해 들은 수혜는 예상과는 다른 반응을 보였다.

"왜 찾으려고? 그냥 여기 있으면 되지."

"내가 겪는 일이 정상 범주에 속하지 않으니까. 무슨 일이 일어날지 모르잖아."

"진짜 현실이 정상 범주에 속했다면 네가 뛰어들었을까? 넌 현실이 불편해서 구멍에 들어온 거잖아. 무슨 일이 일어날지 알 수 없는 건 현실에서도 마찬가지야. 그 불안은 어디에서나 똑같다고. 네가 변하지 않는 한."

나는 잠시 침묵했다.

"넌 내가 여기에 있었으면 좋겠어?"

"네가 한 말이 진짜고 내가 너라면 응, 난 여기에 남을 거야."

"그건 네가 겪어 보지 않아서 그래."

"모르지, 그건."

그게 무슨 소리냐고 되묻자 수혜는 찻잔을 들고 커피를 한 모금 들이켠 뒤 말했다.

"내 말은, 나도 구멍 속에 있는데 기억하지 못하는 걸지도 모른다고. 네가 말했듯 그 이상한 일을 제외하면 현실과 다를 게 없잖아."

자기가 구멍 속에 있다는 걸 자각하지 못할 리는 없었다. 하지만 현실과 다를 바 없다는 수혜의 말은 나를 끝없는 혼돈 속으로 끌고 가 버렸다. 그 말은 내가 구멍 속에 있든 그 반대편에 있든 무의미하다는 얘기였으니까. 내 존재 자체를 희석해 버리는 말이기도 했다.

"하나만 물어봐도 돼?"

카페를 나왔을 때 나와는 반대 방향으로 걸어가던 수혜의 등에 대고 외쳤다. 수혜가 돌아보았다.

"클래식을 좋아하는 이유가 뭐야? 처음 만난 사람한테 추천해 줄 만큼."

수혜의 얼굴을 보니 문득 생각이 났다. 스위스에서 처음 만났을 때 수혜가 나에게 추천해 준 클래식 음악과 천장 아래 보이던 병실에서 흐르던 동일한 클래식 음악이. 전율하게 되는 그 아름다운 음악이. 만신창이가 된 그 순간에도 듣고 있던, 그 음악이.

수혜는 외투 주머니에 양손을 넣고 잠시 입술을 물고 있다가 답했다.

"클래식을 듣고 있으면, 죽지 않고 있는 나 자신이 이해돼서."

…다른 사람도 그랬으면 좋겠어서.

마지막 말은 거의 들리지 않았다. 나는 걸어가는 수혜의 뒷모습을 망연히 지켜보았다. 수혜가 클래식을 좋아하는 이유와 나에게 그 음악을 알려 준 이유가 잔향처럼 남겨져 그 거리를 가득 메우고 있었다. 얼마 안 가 겹겹이 쌓인 인파가 수혜의 존재를 지워 버렸다. 아무 데서도 수혜를 찾을 수 없었다.

수혜와 헤어진 뒤 마음이 울적해져 정처 없이 길을 걸었다. 수혜의 마지막 말이 절박하게 들려서인지 아니면 현실이나 구멍 속이나 별 차이가 없다는 말 때문인지는 알 수 없었다. 정류장 의자에 앉아 멍하니 지나가는 차를 구경하고 있는데 시내버스 한 대가 섰다. 한쪽 면에 신작 영화 홍보물이 부착되어 있었다. 그걸 보고 별 고민 없이 버스에 올랐다. 천장 위에 있으면서 가장 하고 싶었던 일 중 하나를 꼽으라면 영화관에 가서 영화를 보는 일이었다. 물론 그 세계에서도 흉내 내기 정도는 가능했지만 오프닝부터 엔딩까지 온전히 진행되는 영화를 관람할 순 없었다.

버스 하차 문 근처 자리에 앉아 차창을 열고 시원한 바람 속으로 빠져들었다. 창틀에 턱을 괴고 스쳐 가는 거리 풍경을 보았다. 수혜의 말처럼 꼭 현실에 있는 것처럼 느껴졌지만 이곳은 현실이 아니었다. 천장 위도 현실이 아니었지만 내가 어디에 있든 느껴지는 감각은 비슷했다. 나는 '의식'의 주체인 인간이니까. 달리 말하면 바로 그 '의식' 때문에 구멍 속에 들어와서도 내면의 투쟁을 치르는 중이었다. 매번 구멍을 벗어나려는 자아와 구멍 속에서 영원히 살려는 자아가 각자의 영공을 지키려는 국가처럼 충돌했으니까.

왜일까. 현실에서도 그랬다. 항상 나 자신은 내가 제일 잘 안다고 오만하게 굴지만 그건 자아를 똑바로 마주하기 싫은 내 게으름과 불성실을 대변할 뿐이었다. 천장 위에서도, 밤을 겪을 때도, 희성을 만났을 때도 나는 매번 원초적 자아와 맞닥뜨려야 했다. 이 좋은 햇살을 버리고 어두컴컴한 영화관에 가려는 것도 그런 유아적인 충동과 불완전한 마음 때문이었다. 화창한 날씨를 보면 기분이 좋음과 동시에 빨리 어두운 굴로 숨어들고 싶어졌다. 밤을 겪을 땐 그리도 싫어했으면서, 이런 모순이 없었다.

로비에서 상영작을 죽 훑어보니 마침 오늘이 '명작 영화 특별상영전'이 시작되는 날이었다. 나는 티켓 발매기로 가서 여러 편의 영화 중 2001년 작 〈멀홀랜드 드라이브〉를 예매했다. 이 영화는 20대 초반에 처음 접했는데 후반부에 어떤 가수가 노래를 부르는 장면을 보고 생경한 충격을 받았던 기억이 있었다. 오로지 그 장면만으로 인생 영화가 되었다고 해도 과언이 아니었다. 무감각한 일상에 익숙해진 나의 뇌세포

가 그런 극한의 감정을 끌어올린 게 신기했다. 노래의 클라이맥스 부근에선 눈물을 보였을 정도니까. 언젠가 영화관에서 저 장면을 다시 보고 싶다고 생각했었는데 지금에서야 겨우 보게 되었다.

차분히 내려앉은 3관의 어둠 속으로 들어가자 계단식 구조로 된 일반 크기의 상영관이 보였다. 나는 마치 이집트 피라미드를 조망하듯 전체를 두리번거렸다. 뒤쪽으로 중년 부부가 나란히 앉아 있었고, 그 외엔 전부 혼자 감상하러 온 젊은 관객들이었다. 평일 낮이라 한산했다. 이윽고 상영이 시작되었고 눈앞이 완전한 흑막 속에 잠겼다. 영사기에서부터 뻗어나온 빛이 스크린으로 직사되었고, 스크린이 환하게 밝아지면서 오프닝 장면이 떠올랐다.

처음에 멀홀랜드 드라이브라는 도로에서 교통사고가 나고 베티와 리타, 그러니까 나오미 왓츠와 로라 해링이 만나게 된다. 그 뒤로는 어둡고 몽환적인 장면들이 계속 이어진다. 눈을 한 번 감았다 뜨니 나오미 왓츠가 할리우드에 가서 오디션을 보고 있다. 긴

호흡이 필요한 장면인데도 마지막까지 객석을 압도하는 그 유려한 연기에 나는 감탄한다. 옛 기억 속의 익숙한 장면들이 스친다. 가끔 낯선 장면들도 불쑥 나타났다 사라진다. 거친 사내들의 모습도 보인다. 서로에게 강하게 이끌린 베티와 리타의 관계는 점점 더 내밀해진다.

어느덧 검붉은 이미지의 여자 가수가 무대 위에 서 있다. 회한에 잠긴 여자의 목소리가 장내에 울려 퍼지기 시작한다. 그 목소리의 떨림은 오래 이어진다. 그 서늘한 울림에 눈꺼풀이 떨려 온다. 검게 막힌 좌뇌에 첨예하고 묵직한 통증이 인다. 통증이 커지지 않게 손바닥으로 머리를 꾹 누른다. 가수의 목소리가 그곳에서 울리는 듯싶다. 내 안에서 출렁거리던 녹음된 여자의 목소리가 결국 머릿속까지 밀려 들어와 금지선을 건드린다. 그 충돌은 현기증이라는 포말을 만들어 낸다. 나는 그 포말을 안고 다시 스크린을 본다.

어느 사이 현실에서도 구멍에서도 벗어나려고 발버둥 치는 내가 그 무대에 올라 있다. 자신이 있어야 할 세계를 찾지 못하고 방황하는 내가 서 있다. 원하는 인생을 살지 못하고 텅 비어 버린 허구의 세계에서 군림하던 내가 이상한 곳에서 이상한 노래를 부르고 있다. 끝내는 운다. 울고 만다.

우는 사이 영화는 끝나 버렸고 나는 빠르게 올라가는 엔딩 타이틀과 시야를 방해하며 나가는 관객들을 우두커니 지켜보다 맨 마지막에 몸을 일으켰다. 아직도 젖어 있는 눈시울을 훔치며 휴대폰 액정을 켜서 시간을 확인했다. 러닝타임이 꽤 길었는데도 아직 태양이 떠 있을 시간이었다. 집에서 빨리 나온 탓이다. 나는 복도에 늘어선 어렴풋한 조명들 사이를 가로질러 로비로 이동했다.

건물 밖으로 나오니 미간이 절로 찌푸려질 정도로 눈부시게 화창한 낮이 펼쳐졌다. 하늘에는 뭉게구름이 드넓게 번져 있었다. 먼 산을 등지고 선 가로수들이 양옆으로 싱그러운 잎을 머금고 그림자를 뻗고 있었고 조금 전 빠져나간 관객들은 다들 어디로 간 것인지 그곳에 인간이란 존재는 나밖에 없었다.

살랑거리는 바람을 맞으며 산뜻한 기분으로 버스에서 내렸던 정류장 맞은편을 향해 걸었다. 신호가 없는 짧은 횡단보도를 건너며 별생각 없이 정면을 바라본 나는 놀라서 뒤로 두 걸음 물러섰다. 등 뒤로 차가 지나갔다면 교통사고가 났을 터였다. 눈앞에, 그러니까 3관의 일부를 그대로 옮겨 놓은 듯한, 보고도 믿기 힘든 이질적인 풍경이 있었다. A, B, C열까지 붉은 좌석이 채워져 있었고 좌석에는 영화관 관객들로 보이는 사람들이 각기 다른 자세로 앉아 있었다. C열까지의 관객석이 통째로 옮겨진 것이었다.

나는 망연히 그들을 쳐다보다가 냅다 뒤돌아 다른 길로 달리기 시작했다. 얼마나 긴장했는지 팔다리 관절이 젓가락처럼 부자연스럽게 움직였다. 그들이 나를 의식하는 것 같진 않았지만 겁먹은 내 다리는 달리다가 걷다가 제멋대로 움직였다.

정신없이 집으로 향하는데 옆에서 속닥거리는 말소리가 들려왔다.

"이제 시작하나 본데."

"조용히 해."

등줄기에 식은땀이 났다. 무슨 말이지. 뭐가 시작되었다는 걸까. 버스 정류장이고 뭐고 근처에 있는 택시를 아무거나 잡아탔다. 운전기사가 덥냐고 말을 걸었지만 대답할 정신이 없었다. 버스를 타고 갈 때와는 달리 마음이 한없이 조급해져서 택시에서 내리자마자 정신 나간 사람처럼 이제 막 닫히려는 엘리베이터를 꾸역꾸역 잡아타고 집으로 돌아왔다.

현관문을 철저하게 잠근 뒤에야 참았던 숨을 한꺼번에 내뱉었다. 마음이 어느 정도 진정되자 주방으로 가서 물을 벌컥벌컥 마셨고, 모자를 벗어 던지고 세수하고 제정신을 찾으려고 갖은 애를 썼다. 잊으면 안 된다, 여긴 아직 구멍 속이다, 그 말을 되뇌면서.

화장실에서 나와 거실로 걸어갈 때였다. 폐부에서부터 뭐라 형언하기 힘든 위화감이 느껴졌다. 거실이 가까워질수록 서서히 그 위화감은 증폭되었다. 거실은 이미 내가 아닌 다른 물질들로, 숨 막히는 덩어리들로 가득 차 있었다. 그들이 거실에 앉아 한껏 집중한 채 나를 쳐다보고 있었다. 심장이 쿵쿵거렸고 겨우 되돌린 정신이 또다시 혼미해졌다. 도망치듯 방으로 들어가 문을 걸어 잠갔고 침대에 누워 이불을 머리끝까지 덮었다. 빛에 투과된 차렵이불의 체크무늬를 노려보고 있는데 옆에서 다시 말소리가 들려왔다.

"불면증인가. 계속 뒤척이네."

아무리 방향을 바꿔도 소용없었다. 이불을 쥔 손에 땀이 빠르게 배어들었다. 그 땀은 얼마 안 가 한기로 변했다. 이 상황이 믿기지 않았다. 그 구멍이 대체 뭐기에, 구멍의 정체가 대체 뭐기에 이렇게 말도 안 되는 일이 무작위로 반복되는 걸까. 나에게 원하는 게 대체 뭐지? 내가 나가길 바란다면 출구를 내어 주면 될 일 아닌가.

잊을 만하면 관객들의 불평이 들려왔다. 나중엔 그것이 화이트노이즈에서 자장가로 들리기 시작했고 머릿속은 변덕스럽고 불친절한 구멍과 경솔한 고유상을 향한 원망으로 뒤범벅이 되었다. 결국 잠 속으로 도피했다. 아니, 거대한 인큐베이터 속으로 들어갔다. 천장 위에서 평생 꿀 꿈을 다 꿔서인지 꿈은 꾸지 않았다.

이불을 스리슬쩍 내리니 싸늘한 새벽 기운이 느껴졌다. 주변이 고요했다. 저녁도 먹지 않고 그대로 잠든 탓에 배에서 꼬르륵 소리가 났다. 하룻밤이 지났으니 어제의 환상 따윈 더 이상 없겠지. 제발 그래야만 했다. 나는 사뭇 긴장한 채 이불 밖으로 고개만 비죽이 내밀었다. 푸른 어둠 속에서 관객들이 나를 무신경하게 쳐다보고 있었다. 그들은 사라지지 않았다. 사라지지 않고 어제 모습 그대로 꼿꼿하게 앉아 있었다. 그 모습을 보자마자 눈물이 핑 돌면서 울화가 치밀었다.

화장실로 달려가 세수에 샤워까지 끝마친 뒤에야 겨우 흥분이 가라앉았다. 화장실에도 그들이 있긴 했지만 샤워 커튼 밖에 있어서 샤워하는 데는 문제가 되지 않았다(그들이 있는 곳은 좁은 공간도 넓은 운동장처럼 보였다. 엄청 넓은 화장실 세트장에서 씻는 기분이었다). 나는 좁은 샤워 부스에서 옷을 갈아입으며 변기 주변을 가릴 파티션이 필요하다고 생각했고 양치 중에는 생리 주기까지 계산해야 했다. 온갖 괴로운 상상들이 밀려들었다. 그 전에 이 세계가 얼른 끝나야 했다.

"양치를 이상하게 하네."

"저 흉터는 없애는 게 낫겠는데."

A열에 앉은 어떤 남자와 여자가 각자 떠들어 댔다. 그 말을 듣는 순간 세면대에 양칫물을 버리고 화장실을 나왔다. 내 모든 행위가 그들의 입에서 혹독하게 씹히고 재생산되었다. 그들은 내 안위 따위는 아랑곳하지 않았다. 그들에게 잘못한 게 없는 나는 그 언어폭력에 굴복할 필요가 없었다. 그렇게 마음을 다잡아야 했다.

"저 여자는 친구도 없나 봐. 항상 혼자 있어."

"이거 장르가 드라마야? 다큐야?"

"아, 지루해. 나갈까?"

불행 중 다행으로 내 모습에 질린 다섯 명의 관객

이 중도 퇴장했고 오후엔 열 명만이 자리를 지켰다. 계속 집에 있다가는 갑갑해서 죽을 것 같아 입고 있던 잠옷 위에 후드티만 걸쳐 입고 현관 밖으로 나갔다. 약 한 시간쯤 차를 몰아 자연휴양림의 평원에 자리를 잡았다. 이다음에 할 일은 딱히 없었다. 그저 하늘을 멍하니 바라보거나, 산책 나온 강아지의 신난 뒤꽁무니에 심취하거나, 찬연한 빛 속의 나뭇잎을 질투하며 쳐다보는 것 외엔.

그들은 어딜 가든 나를 따라다녔고 내 일거수일투족을 빠짐없이 감시했다. 헤드폰을 끼고 그들이 없는 척도 해 보았지만 그들의 시선에서 완전히 벗어날 순 없었다.

"당신들이 원하는 게 뭔지 모르겠지만 이 영화는 끝까지 재미없을 거야."

나는 혼잣말하며 또 멍하니 스산한 공기로 뒤덮인 허공을 바라보았다. 매 순간 치밀어 오르는 화를 몇 번이나 누그러뜨리면서.

"아, 그냥 스릴러나 볼걸. 더럽게 재미없네. 남자를

만나든가 술 마시고 사고를 치든가, 아니면 죽든가."

한 열 번쯤 그런 불만이 터져 나왔을 때, 힘겹게 억눌렀던 인내심이 무너졌다. 나는 풀잎을 짓이기고 일어나 내 뒤통수만 빤히 쳐다보고 있는 그들을 향해 죽일 기세로 소리쳤다.

"그만 봐! 제발 그만 보라고! 제발!"

그렇게 목이 터져라 외쳤지만 그들은 그저 감정 없는 눈으로 가만히 내 얼굴만 주시할 뿐이었다. 생각 같아선 기관총으로 전부 쏴 버리고 싶었다. 하지만 그들과 나 사이에 방탄벽 같은 게 가로막고 있어 뚫고 들어갈 방법이 없었다. 결국 무력감만 잔뜩 안은 채 집으로 돌아왔다. 내 일상이 낱낱이 해부되었고 그들은 내 인생을 정복한 듯 굴고 있었다. 구멍 속에 들어온 이래 가장 고된 시간이었다. 이 세계에서 벗어나려면 대체 어떡해야 할까. 구멍 속 세계에 기한이란 게 있을까.

저녁도 거르고 소파에 이불을 뒤집어쓰고 누워 하염없이 생각에 잠겼다. 흰 선의 세계에 당도했을 때도 그랬듯, 구멍 속 세계는 그저 아무 까닭 없이 이루어진 세계가 아니었다. 어떤 식으로든 나와 관련이 있을 것이다. 어렸을 때 집에 있던 묵직한 회색 캠코더를 들고 뛰어다녔던 내가 떠올랐다. 집 안, 주변 경치, 가족의 일상을 찍었었다. 그 영상 속에 나는 거의 등장하지 않았다. 나는 현실과 다른 세계가 찍히기를 소망했으니까. 편집 없이 자연스레 녹아든 나의 세계 안에는 싸움이나 죽음이 존재하지 않았다. 그 캠코더는 없어진 지 오래다.

그 추억 말고 다른 건 떠오르지 않았다. 영화를 좋아하는 건 사실이지만 그 외에는 접점이 없었다. 나는 배우도, 영화판 관계자도 아니니까. 흰 선의 세계와 동일한 구조라면 어떨까. 내 무의식이 빚어낸 세계라면, 이 모든 게 은유적으로 표현된 거라면.

몇 가지 떠오르는 게 있었다. 개인주의, 시선 공포, 사회 부적응, 무분별한 평가에 대한 혐오. 어릴 때부터 자의든 타의든 개인주의자로 살아왔고 단체 생활엔 맞지 않았으며, 사소한 일에라도 스포트라이트를 받는 걸 꺼렸다. 사회가 잘못된 걸까 아니면 내가 사회와 맞지 않는 인간일까, 고민한 적도 있었다. 이런 나의 성향이 이 세계를 직조한 것일까. 영화는 인간 없이는 존재하기 힘들고 인간의 다양한 인생을 다루는 예술의 영역이니까. 영화에는 나라는 인간이 꼭 필요한 것이다.

나는 소파에서 몸을 일으켰다. 인간에겐 탄생이 인생의 시작이고, 죽음이 인생의 끝이다. 보통 영화 안에서 주인공이 죽으면 영화가 끝나기 마련이다. 그러니까 이 상황에 적용할 수 있는 방법이란 주인공인 내가 죽는 결말을 만드는 것이었다. 그래, 터무니없지만 죽은 '척'이라도 해 보자. 어차피 배우들도 진짜 죽는 게 아니라 연기를 할 뿐이니까.

몇 시간 만에 겨우 방법을 고안해 낸 나는 약을 모아 두는 서랍을 열어 수면제인 척 알약 몇 개를 집어 삼켰다. 그리고 침대 옆으로 쓰러졌다. 눈을 감고 5분 정도를 세고 살짝 실눈을 떠 봤는데 허탈하게도 눈앞에 있는 투명 스크린에 검은색 엔딩 크레디트 글자가 올라가고 있었다. 배우도, 감독도, 스태프도 전부 나였다. 이유소, 이유소, 이유소…. 수십 개의 내 이름이 끝없이 올라가고 있었다.

"드디어 끝났네. 졸려 죽는 줄 알았어."

"너 계속 잤잖아."

내 작전은 허무하리만치 간단히 성공했다. 관객들이 하나둘 일어나더니 사라지기 시작했다. 이제 텅 빈 좌석만이 눈앞에 있었다. 너무 통쾌하고 기쁜 나머지 억울하게 옥살이하다 이제 막 출소한 사람처럼 환호성을 마구 내질렀다. 하루 종일 아무것도 안 먹은 탓에 뒤늦은 허기도 찾아왔다. 주방으로 가서 냉장고를 털다시피 음식을 죄다 꺼내 식탁에 놓고 허겁지겁 먹었다. 등 뒤에서 털썩, 하고 의자에 앉는 소리가 들린 건 반찬통을 들고 입안 가득 멸치볶음을 들이붓고 있을 때였다.

나는 못 들은 척 현실을 부정하며 계속 음식물을 털어 넣었다. 연이어 인기척이 들려왔다. 지금까지 먹은 게 죄다 불안으로 환치되면서 상피에서부터 자라난 불안이 수포처럼 온몸으로 퍼져 나갔다. 의자에 앉는 소리는 계속해서 들려왔다. 나는 꾸역꾸역 음식물을 삼키고 물을 마셨고 고집스럽도록 느리게 호흡했다. 그들을 마주할 결심이 섰을 때는 거의 단념한 상태였다. 몸을 돌려 소리의 정체를 확인했다. 텅 비어 있던 좌석에 몇 명의 관객이 앉아 있었다. 그 뒤로도 하나둘씩 들어오고 있었다.

그대로 개수대로 가서 먹은 걸 게워 냈다. 정말 이 세계가 종식된 거라면 저 관객석까지 사라졌어야 맞았다. 그것도 모르고 다 끝났다고 착각하다니 내 경솔함에 치가 떨렸다. 관객은 이런 내 사정은 안중에도 없이 마냥 즐거운 얼굴로 입장하고 있었다. 불안이 노여움으로 돌변했고 살의에 가까운 감정이 피어올랐다. 더 이상 참지 못하고 폭발해 버렸다.

"사라져! 제발 사라지라고!"

나는 거의 미쳐서 날뛰었다. 하지만 관객은 동요하지 않았다. 소리를 내지르고 빌다시피 애원도 해 봤지만 소용없었다. 결국 남아 있던 이성의 끈이 완전히 끊어졌다. 나는 베란다로 가 공구를 모아 둔 서랍을 열어 정신없이 장도리를 찾았다. 조금 전 엔딩 크레디트를 확인했으니 분명 눈에 보이지 않는 스크린도 존재할 터였다. 만약 없다면 남은 건 죽음뿐이었다. 뭐든 시도해 봐야 했다.

다시 관객에게 돌아와 스크린이 있을 법한 허공에다 가져온 장도리를 무턱대고 휘둘렀다. 어림해 보려고 손으로 만졌을 때는 전혀 느껴지지 않았는데 강하게 일격을 가하니 유리 재질에 닿는 느낌이 전해졌다. 몇 번 그렇게 하자 유리의 균열이 눈앞에 드러났다. 손가락에 전해지는 묵직한 통증을 참으며 수십 번 내려친 끝에 유리 스크린이 부서져 내렸다. 마지막으로 사력을 다해 장도리를 내리꽂았다. 뚫린 공간으로 몸을 밀어붙이자 스크린 밖으로 쑥 빠져나갔다. 마침내 스크린 너머의 세계가 보였다. 예상과 달리 그곳은 영화관이 아니었다.

눈앞에 기다란 진회색 장막이 있었다. 막 끄트머리엔 F16이라는 네임택이 붙어 있었다. 잔뜩 경계하며 슬그머니 막을 열어젖혔다. 내가 누군가를 죽이고 있었다. 말 그대로 내 모습을 한 '내가' 바닥에 쓰러진 초면의 누군가를 죽이고 있었다.

처음에는 분명 모르는 인물이었는데 살육을 거듭할수록 낯익은 얼굴들로 바뀌었다. 상대가 누구든 난도질하는 내 손은 멈추지 않았다. 최대한 벽에 붙었지만 내 얼굴로, 몸으로 피가 튀었다. 내가 있다는 건 전혀 모르는 눈치여서 뺨에 튄 피를 소매로 닦으며 그들을 지나쳐 H22라는 또 다른 막을 열었다. 생전 처음 보는 괴이한 형체가 축축한 늪에서 자기 머리를 건져 올리며 희희낙락 자해 행위를 즐기고 있었다. 나는 어떻게든 그곳을 빨리 벗어나고 싶어 다른 막들을 마구 헤집었다.

몇 번을 열어도 출구는 나오지 않았다. 장면의 수위는 갈수록 극단으로 치달았다. 아무도 없는 공터에서 여러 남성이 한 여성을 윤간하는 장면이 나오는가 하면, 스너프 필름처럼 결박된 채 낡은 의자에 앉은 피해자를 공구로 자비 없이 절단하는 고문 장면도 등장했다. 학대당하는 동물의 비명이 들릴 땐 눈과 귀를 가려 버렸다. 또다시 속이 울렁거리고 구역질이 났다.

온몸이 땀에 절어 정신없이 그곳을 빠져나왔을 땐 또 다른 세계가 버티고 있었다. 자막 세계였다. 적어도 수백만 개 이상의 글자들이 난잡하게 뒤섞인 채 사방에 널려 있었다. 시커먼 벌레들이 촘촘히 움직이는 듯한 그 형상이 너무 징그러워 단 한 발짝도 뗄 수 없었다. 이미 눈물과 콧물로 범벅이 된 나는 모든 걸 포기하고 싶었다. 스크린을 깨기 전으로 돌아가 옥상에서 뛰어내려 끝내고 싶었다. 아니 애초에 구멍으로 들어온 것, 그게 가장 패착이었다.

나 자신을 실컷 어르고 달랜 뒤에야 겨우 앞으로 나아갈 마음이 생겼다. 나는 두 팔로 몸을 끌어안고 실눈을 뜬 채 자막 사이를 빠르게 가로질렀다. 발을 뗄 때마다 소름 돋게 복잡기괴한 음성들이 귓속을 후벼 팠다.

그 저주에서 풀려나자 마침내 나와 상영관 사이에

는 얇은 막 하나만이 남아 있었다. 머리를 쏙 하고 내밀자 바로 상영관이 보였다. 클로즈업된 내 머리는 스크린만큼 컸다. 상영하는 영화가 없는 시간대인지 관객석은 비어 있었다. 그때 문을 열고 누군가 걸어 들어왔다. 나는 황급히 머리를 다시 집어넣었다.

"상영 중단했어? 환불은?"

"해 줬지."

"갑자기 왜 안 나온 거지?"

"몰라."

말소리가 잦아들었다. 나는 아무도 없는 걸 확인하고 스크린 밖으로 조심스레 다리를 뻗었다. 쿵, 하는 소리와 함께 내 몸이 무대 위로 굴러떨어졌다. 아픔을 느낄 새도 없이 몸을 일으켜 상영관 밖으로 뛰쳐나갔다. 택시 뒷좌석에서 숨을 고르며 시계를 확인하니 갇힌 지 꼭 열 시간 만이었다. 온몸이 파죽음이 된 채 집으로 돌아와서 침대에 누운 기억도 없이 곯아떨어졌다.

"끝난 줄 아나 본데?"

"그러게."

꿈결이었을까. 남녀가 대화를 나누면서 기분 나쁘게 웃는 소리가 들렸다. 둘의 대화를 엿듣던 중 문득 이상한 감각에 눈을 떴다. 아직 밤인지 주변이 어둑어둑했다. 암순응도 더디게 찾아왔다. 누군가 내가 벤 베개를 슬금슬금 빼 가는 양 베개가 있던 머리 쪽이 허전해지면서 고개가 힘없이 떨구어졌다. 눈앞엔 어두운 공간이 보였고 잔잔한 음악이 흐르고 있었다. 하체엔 벨벳 시트의 감촉이 고스란히 전해졌다. 그리고 텁텁한 공기, 냄새….

여긴 내 방이 아니었다. 나는 다시 영화관에 앉아 있었다. 이윽고 영화가 시작되었다. 지금도 그게 무슨 영화였는지 기억나지 않는다. 기억나지 않는 두 시간이 지나고 엔딩 크레디트가 올라가기 시작했다. 절망을 초월한 어떤 지옥 같은 감정이 나를 에워쌌다. 나를 괴롭혔던 관객들이 웃으며 출구로 빠져나가는 걸 믿기지 않는 눈길로 바라보았다. 이건 필시 트라우마 증상이다. 이대로면 미쳐 버릴지 모른다. 머릿속이 그런 생각으로 가득했지만 이곳을 빠져나갈 방법이 없다는 사실을 금방 예감했다. 가슴에 폭탄 조끼를 걸친 인질처럼 나는 다시 일어났다. 그리고 천근 같은 발걸음을 옮겼다. 어김없이 관객이 따라붙었다.

관객의 부류는 어떤 행사의 드레스 코드처럼 매번 바뀌었다. 넥타이 군단인 면접관들이 앉아서 내 태도를 심사할 때도 있었고 시절인연으로 만난 사람들이 쪼르르 앉아 내 인생을 비웃기도 했다. 신경쇠약에 걸리기까지 일주일도 걸리지 않았다. 나는 종일 집 안에만 틀어박혀 행동을 최소화하며 생활했다. 어떤 날은 온종일 커다란 천을 뒤집어쓰고 유령처럼 있었고 어떤 날은 성희롱을 하는 관객에게 온갖 물건을 집어 던지기도 했다.

그런 정신적 도륙을 정확히 여덟 번 반복했을 때, 나는 결국 현실에서도 주저했던 자살을 택했다. 옷장 걸이에 목을 매었는데 의식이 흐릿해지던 시점에 줄이 끊어져서 겨우 목숨을 부지할 수 있었다. 죽는 데 실패하자 재미가 없어졌는지 관객은 사라졌다. 그 후로 그들은 다신 나타나지 않았다.

　마지막 관객을 겪은 뒤 말 그대로 죽다 살아난 나는 끼니를 챙기는 것부터 씻는 것까지 아무것도 할 수 없었다. 수혜가 죽을 사 들고 집에 몇 번 찾아왔지만 문을 열 수조차 없을 정도로 기력이 쇠한 상태였다. 겨우 심신을 회복했을 때는 3주가 지난 뒤였다.

8

 더 이상 구멍 속에 있을 수 없어 새벽부터 차를 몰고 전국을 돌아다녔다. 윗지방부터 아랫지방까지 가보지 않은 곳이 없었다. 몇 개월을 넘게 찾아다녔지만 구멍의 행방은 여전히 오리무중이었다.

 마지막 지역인 제주의 한 작은 호텔에서 눈을 뜬 날이었다. 아침부터 눈이 내렸다. 싸락눈이어서 땅에 쌓일 정도는 아니었다. 나는 전날 사 온 샌드위치로 아침을 대충 때우고 구멍을 찾으러 나갔다. 이번엔 최대한 찬찬히 돌아보기 위해 차는 그대로 두고 밭담을 따라 걷기 시작했고 잠시 뒤 택시 한 대가 지나가기에 옆으로 비켜섰다. 다시 걸으려 할 때, 눈앞으로 한 소년이 빠르게 지나갔다.

이걸 어떻게 설명해야 할까. 그 소년은 아주 특이했다. '뒤로 걷고' 있었기 때문이다. 뒤로 걷는 게 그렇게 특이한 행동인가 싶지만 내가 볼 때 소년은 그 행위를 의식해서 하는 것 같지 않았다. 다시 말해, 자기 의지가 아닌 물리적인 어떤 힘에 밀려 뒤로 걷고 있는 것처럼 보였다. 비자발적으로 말이다.

그걸 본 나는 원래의 일정인 양 자연스럽게 소년을 따라갔다. 소년은 돌담길이 끝나는 지점에서 5분 정도를 더 걸어서 공원 입구로 들어섰고 거기에 있던 돌계단을 빠르게 뒤로 올라갔다. 그건 인간이 할 수 없는 영역의 일이었다. 필름을 거꾸로 돌린 것 같았다. 나는 소년을 따라 빠르게 계단을 뛰어 올라갔고 소년과의 거리는 약 5미터 정도로 가까워졌다. 처음에는 어색했지만 한 시간 정도 지나자 익숙해졌다. 소년은 어디로 가는 건지 한참을 걷고 또 걸었다.

소년은 어느 건물로 들어간다거나 누구와 만난다

거나 하지 않았다. 그저 길이 트인 곳과 계단만을 이용해 걸었고 아무와도 접촉하지 않았다. 아니, 다른 사람의 눈엔 그 소년이 멀쩡히 걷고 있는 걸로 보이는 듯했다. 그에게 관심을 보이는 건 나밖에 없었다. 소년이 왜 그렇게 걷는지, 본인은 그 행위를 자각하고 있는지, 혹시 구멍 때문인지, 궁금해서 미행을 멈출 수가 없었다. 중간에 쉬기라도 하면 소년을 놓칠까 봐 슬링백에 넣어 온 물로 목을 축여 가며 간격을 유지하려 애썼다.

오후가 되어서도 두 사람이 마주 보는 형태의 요상한 추격전은 계속되었다. 이제 소년은 태양 빛이 활활대는 해안대로 위를 걸었고 내 호기심이 커질수록 소년과 마주 보고 있는 거리는 좁혀졌다. 소년이 나를 발견한 건 너무 힘들어서 그만 포기하고 집으로 돌아가려고 할 때였다. 소년은 놀란 눈이 되어 허리를 숙인 채 숨을 고르고 있는 나를 쳐다보았다. 내가 자신을 쳐다보고 있어서가 아니라 자신이 뒤로 걷는 행위를 내가 아는 듯해서 놀란 것이었다.

나는 소년에게 물었다.

"왜… 뒤로 걸어?"

'내가 뒤로 걷는 게 보여? 그걸 볼 수 있는 사람은 처음인데.'

소년과의 거리는 이제 1미터로 좁혀졌다. 나는 입 밖으로 소리를 내고 있었지만 소년의 소리는 그의 내면에서 들려오는 듯 내 머릿속에서 공명했다. 소년은 입을 열 수 없는 상황인지 소리 내어 말을 하지 않았다. 기묘한 상황 속에서 우리는 계속 대화를 이어 나갔다.

"내가 처음이라고?"

'응, 어떻게 볼 수 있는 거지?'

"모르겠어. 그냥 보였어."

'넌 어딜 가는 중이었는데?'

"난 어디로든 가야 해."

'어디로든?'

"뭘 찾아야 하거든."

'그게 뭔데?'

"구멍."

'구멍?'

소년은 구멍에 대해 전혀 모르는 듯했다.

'그걸 왜 찾아야 하는데?'

"그건 모르겠어. 어쨌든 찾아야 해."

'왜 찾는지도 모르고 찾는다?'

"넌 왜 네가 뒤로 걷는지 알고 있어?"

소년은 모르겠다고 했다. 자신도 그 이유를 찾는 것 같다고도 했다.

"태어날 때부터 그렇게 걸었어? 아니면 최근에…."

'아니, 그보다 난 원래 이렇게 어리지 않아.'

"무슨 소리야?"

소년은 자신이 원래는 80세 노인이라고 했다. 오래전이라 자세히는 기억나지 않지만 건물 경비 일을 하며 살다가 어느 날엔가 죽기로 결심했다고 했다. 집에서 조용히 떠나고 싶었는데, 정신을 잃는 순간 갑자기 뒤로 걷기 시작했다고 아니, 인생을 되돌아가기 시작했다고 했다. 그렇게 열세 살인 지금의 나이로까지 되돌아왔다는 것이다.

"왜… 죽으려고 했어?"

'몰라. 내 정신이, 육체가 소멸을 원했던 것 같아.'

슬프고도 근원적인 소년의 대답에 나는 어렴풋이 공감했다. 소년은 자살을 택하는 순간 곧바로 죽음이 다가오리라 생각했지 이 상태로 걷는 걸 수십 년간 반복할 줄은 몰랐다고 했다. 어떤 형벌처럼 어린 자신을 다시 마주하게 될 줄은 몰랐다고.

대로변을 따라 환한 바다는 끝없이 이어졌고 우리는 조수에 휩쓸리는 파도처럼 질서 있고 유동성 있게 움직였다. 내가 소년을 따라다니는 이유를 나로서도 알 수 없었다. 단지 소년을 따라다니다 보면 그 끝에 구멍이 있을 것 같은 지나친 낙관이 들었을 뿐이다.

'날 언제까지 따라올 거야?'

"나도 모르겠어."

'네가 말한 구멍이라는 게 너한테 중요한 존재야?'

나는 벙찐 채 소년을 바라보았다.

"그건…."

한 번도 생각해 본 적이 없었다. 천장 위 세계에서 그렇게 숱한 경험을 하고도 나는 구멍이 내게 어떤 존재인지 깊이 고민해 보지 않았다.

"모르겠어."

'그래.'

소년이 답했다.

'이건 그냥 짐작인데….'

나는 잠자코 다음 말을 기다렸다.

'아마도 어제가 오면 나는 내가 왜 뒤로 걷는지 알게 될 것 같아.'

"어제가 오면?"

'응.'

소년의 기준에서는 내일이 어제였다.

"왜 그렇게 생각하는데?"

'60년 넘게 뒤로 걸으니까 이제 어디까지 왔다는 감이 오거든. 사실 한 달 전부터 느꼈어. 이제 끝이 다 가오는구나, 하고.'

내 방 천장을 찾기 며칠 전에 평소와 다른 예감이

들었던 걸 떠올리며 나는 작게 끄덕였다.

'그러니까 너도 곧 알게 되지 않을까. 구멍을 본 지 오래된 거라면.'

천장 위에서는 오래되긴 했지만 이걸 오래되었다고 볼 수 있을까. 내일 소년을 따라가면 무엇을 발견하게 될까. 나는 어제가 오면 함께 가도 되냐고 물었다. 소년은 흔쾌히 허락했다.

9

다음 날 일찍 소년과의 여정이 시작되었다. 옆 동네에 당도한 건 꼬박 두 시간이 흘러서였다. 사막의 여자를 따라 걸었을 때보다 훨씬 힘들어서 몇 번이나 소년을 놓칠 뻔했다. 소년은 여전히 2미터 간격을 두고 뒤로 걸었고 나는 소년에게 좀 천천히 가 달라고 부탁했다. 소년은 자기 맘대로 할 수 없다며 너무 힘들면 포기해도 좋다고 했다. 그때부터 나는 입을 다문 채 걷기만 했다. 그런 내게 연민이라도 느꼈는지 소년이 먼저 말을 걸어왔다.

'부모님은 계셔?'

"이혼하셨어. 너는?"

'나는 어릴 때 두 분 다 돌아가셨어.'

집중호우로 인해 마을이 순식간에 물에 잠겼고 미처 대피하지 못한 소년의 부모는 밀려든 토사 더미에 파묻혀 사망했다고 했다. 당시 제주의 이모할머니 댁에 있었던 소년은 다행히 재난을 피할 수 있었다.

'그 사건 이후로 어릴 때 두 분이랑 함께했던 기억이 전혀 안 나.'

그건 심리적인 방어기제였다. 나도 어릴 때 시장에서 엄마를 잃어버리고 몇 개월간 그때의 일을 기억하지 못한 적이 있었다.

차분히 비밀을 털어놓은 소년은 침묵을 지키며 묵묵히 뒤로 걸었다. 소년의 얼굴이 눈앞에 있었기 때문에 시시각각 변하는 소년의 표정이 잘 보였다. 끝을 향해 가는 것이 슬퍼 보이기도 했고 잘 알지도 못하는 이에게 부모에 대해 말한 걸 후회하는 듯도 했다. 우리는 번화가를 지나고, 숲길을 지나고, 공항 근처를 지났다. 주변은 건물과 유동 인구가 많은 장소에서 자연의 색채가 만발하는 곳으로 빠르게 변화했다. 내가 어디로 향하는지는 여전히 알 수 없었다.

소년이 걸음을 멈춘 건 공항 활주로 옆을 지나고 20분가량 더 걸은 뒤였다. 소년은 갑자기 뚝, 지시가 내려온 것처럼 그 자리에 멈추었다. 장장 67년 만이었다. 소년은 자신이 멈춘 것, 발이 더 이상 앞으로 나아가지 않는다는 것에 얼떨떨해하며 주변을 살폈고 가만히 서 있는 몸이 적응되지 않는지 연신 손을 떨며 안절부절못했다. 나는 뒤에서 그런 소년을 지켜보고 있었다. 내가 괜찮으냐고 말을 걸었는데 소년은 왼편에 무연히 펼쳐진 들판을 돌아보았다.

'저기는….'

나는 소년의 시선을 따라 들판을 건너다보았다.

'우리 세 식구 같이 나들이 왔던 곳….'

그렇구나, 나는 속으로 말했다.

'어머니가 주먹밥 만들 때 나도 옆에서 조금 거들었는데 다 망쳐서 결국 못 가져갔어.'

소년은 이미 오래전에 얼어붙은 기억을 눈 더미처

럼 끌어안고 어떻게든 녹이려 애쓰고 있었다. 그런 노력으로 눈부신 추억 하나가 떠올랐고 연달아 다른 추억도 되살아나 신이 난 아이처럼 부모와의 일화를 계속 늘어놓았다. 중간중간 말하면서 미소를 띠기도 했다.

"가 보자."

'어딜?'

"저기서 도시락 먹었다며. 어서."

나는 덥석 소년의 손을 잡았다. 소년은 내 손길이 닿자 움찔하며 손을 놓았다.

"여기 오려고 그렇게 오래 걸은 거잖아. 근데 안 갈 거야?"

나는 얼떨떨한 표정을 짓는 소년을 데리고 들판으로 걸어 들어갔다. 소년은 앞으로 걷는 게 어색한지 좀처럼 속도를 내지 못했다. 두어 번 넘어질 뻔한 걸 내가 잡아 주기도 했다. 한참 시간이 걸린 뒤에야 나무 아래 도착했고 소년은 나보다 두어 걸음 뒤에 서 있었다. 각자 생각에 잠겨 우리 사이에는 잠시 침묵이 흘렀다.

"…이제 알 것 같아."

바로 등 뒤에서 소년의 육성이 들린 건 나무의 옹이구멍이 내가 찾는 출구였으면 좋겠다고 생각할 때였다. 나는 흠칫 놀라 돌아보았다.

"목소리…."

긴 세월 잠겨 있던 목소리여서 억양이 어색하고 발음도 부정확했다. 소년은 반세기가 지나서야 듣게 된 자신의 육성에 놀라워하며 성대를 만져 보았다.

"왜 그동안 말을 못 했던 거야?"

"나도 모르겠어. 내가 더 이상 사람으로 존재하는 게 아니라서 그런 게 아닐까."

어눌하고 불안정하게 발음되는 그 단어들을 나는 인내심을 갖고 들어 주었다.

"내 눈엔 사람으로 보이는데?"

"사회에 속해 있진 않잖아."

소년은 겸연쩍게 웃더니 두 팔을 벌리고 서서 생전 처음 공기를 들이마시는 사람처럼 천천히 호흡했다.

걸음을 멈추고 나서 처음으로 자기 의지대로 행동하는 듯했다.

"내가 왜 뒤로 걸었는지, 이제 알 것 같아."

사방에서 돌연 바람이 일기 시작한 건 그때였다. 바람 소리는 겹겹이 불어났다. 소년은 목소리를 높여 점점 더 크게 외쳐야 했다.

"나 말이야. 죽기 전에 잃어버린 기억을 찾으러 다닌 것 같아. 내가 찾고 싶던 기억…."

소년은 두 팔을 벌린 채 계속 강바람을 맞았고 나는 소년의 가족이 돗자리를 깔았던 풀밭에 앉아 그 모습을 지켜보았다. 눈꺼풀을 뜨고 있기 힘들 정도로 바람이 거세게 불어닥쳤다. 섬약한 풀잎들은 감히 저항할 생각도 하지 못한 채 한데 섞여 들어 물결치고 있었다.

"넌 왜 제주도에 온 거야?"

소년이 등을 보인 채 물었다. 소년의 옷소매와 바지통이 강풍에 대책 없이 둥그렇게 부풀었다 가라앉길 반복했다. 올려다보면 아주 쾌청한 하늘인데 비가 내리기 직전처럼 바람이 세차게 불었다. 덩달아 내 목소리에도 힘이 들어갔다.

"웬만한 덴 다 찾아봤어. 물론 전체를 구석구석 다 볼 순 없겠지만, 난 최선을 다했어."

"전국을 다 돌아다녔어?"

"응."

소년은 그때 무언가 감이 온 듯 작게 웃음을 터트렸다.

"그럼 전 세계로 범위를 넓혀야겠네."

그가 나를 돕고 싶은 마음에 건넨 충고라는 걸 알았지만 나는 못 들은 척 침묵했다. 그건 내가 어떻게든 외면하려 했던 방법이었다. 이 정도로 노력하면 요행히 구멍을 찾을 수 있을 거라고 안일하게 생각했던 걸까, 아니면 아직 마음의 결정을 내리지 못했던 걸까. 내 마음은 여전히 무언가에 가로막혀 있었다.

"나처럼 오랜 세월 뒤로 걸은 사람도 있는데 그게 두려워?"

내 생각을 간파한 소년이 말했다.

"네가 그렇게 찾아도 없다는 건 작정하고 숨었다는 얘기잖아, 너에게 닿지 않도록. 네가 구멍에 마음을 더 여는 수밖에 없어."

"충고는 고맙지만 난…."

"난 이제 가 봐야 해. 죽음이 다가왔다는 게 느껴지거든."

지금 부는 바람이 저승에서 불어온 바람이기라도 하듯 소년이 말했다. 바람이 불수록 소년의 안색은 점점 더 창백해졌다. 천국에 가려면 빛의 색에 가깝게 꾸며야 그 입구를 통과할 수 있다는 듯이.

이윽고 소년의 머리카락, 눈, 코, 입, 손발, 신체에 존재하는 모든 것들이 공중에 흩어지는 골분처럼 바람에 휩쓸려 사라졌다. 나는 그 광경을 있는 그대로 의연히 받아들였고 스러져 가는 한 생명을 묵묵히 지켜보았다. 찰나여서 그동안 고생 많았다는 말도 하지 못했다. 마지막에 언뜻 구멍을 꼭 찾길 바란다는 말이 들렸던 것도 같다.

소년을 보내고 한참을 그 들판에 앉아 있다가 숙

소로 돌아왔다. 처음에는 뒤로 걷는 게 소년의 의지가 아니라고 생각했는데 그건 틀림없는 소년의 의지였다. 죽음에 다다른 노인이 생애 마지막으로 가졌던 의지. 나는 살면서 그런 절실한 의지를 가져 본 적이 없었다.

바로 다음 날 캐리어를 수화물로 보내고 공항 탑승구 의자에 앉아 있었다. 적어도 두 시간은 기다려야 할 터였다. 승객이 별로 없어 내가 있는 탑승구는 전체적으로 한산했다. 햇빛을 강하게 되쏘는 파노라마 창 때문인지 내 옆으로는 아무도 앉지 않았다. 굳이 그 자리에 앉은 건 밤 세계 이후로 햇빛의 소중함을 깨닫게 되어 빛이 있는 곳이면 그게 어디든 선점하고 싶어졌기 때문이다.

목베개를 해도 자세가 영 불편해서 다인용 의자가 야전용 침낭인 양 드러누워 다리를 접어 올렸다. 재킷 주머니에서 항공권을 꺼내 도착지를 다시금 확인했다. 어제까지만 해도 집으로 돌아갈 생각이었는데 마음이 바뀌었다. 꼭 소년 때문만은 아니었다. 거부하고 싶고 외면하고 싶은 일을 피할수록 더 깊이 구멍 속으로 파고드는 기분이 들었다. 그건 관객 체험에서 절정에 달했다. 그 굴레를 끊고 싶었을 뿐이다.

항공권을 도로 외투 주머니에 넣었다. 내가 구멍을 찾기 위해 첫 번째로 선택한 나라는 수혜와 처음 만났던 스위스였다. 가는 김에 유럽 전체를 돌아보기로 했다. 당연하게도 관광이 아닌 오로지 구멍을 찾기 위한 여정이었다.

구멍 속에서도 돈은 필요했다. 숙소는 가장 저렴한 곳에서 묵었고 먹는 걸 최소화했으며 돈이 떨어지면 어떻게든 알바를 해서 여행 자금을 충당했다. 스위스를 시작으로 몇 년간의 생활은 줄곧 그런 식으로 흘러갔다. 거의 수행자의 삶과 다름없었다. 여행 자금이 모이면 다음 여행지로 출발했다. 이상하게도 여행을 떠난 뒤로는 구멍이 설치한 부비트랩 같은 사건은 더 이상 벌어지지 않았다.

꼬박 3년이 걸려 유럽과 아프리카, 오세아니아 대

류, 미주를 여행했다. 프랑스에선 길에서 캐리어를 도난당했고 이집트에선 한낮에 호객 행위를 피해 돌아다니다 열사병에 걸려 죽을 뻔했다. 하와이 섬에 갔을 땐 갑자기 폭우가 쏟아져 숙소가 물에 잠겼다. 이듬해엔 태국, 베트남 등지의 아시아를 탐색했다. 예상치 못한 변수는 어느 나라에나 존재했다. 태국 어느 섬에선 언덕 내리막길을 달리던 중 오토바이 브레이크가 고장 나 한쪽으로 쓰러지는 바람에 동체에 짓눌린 다리가 큰 무처럼 부어올랐다. 베트남에선 특정 음식을 먹고 온몸에 두드러기가 나서 일주일을 고생했다.

아시아의 마지막 여행지는 홍콩이었다. 물가가 상당히 비싼 축이라 역시나 가장 저렴한 호텔을 찾아 예약했다. 첫날 밤 호텔에 도착해 창밖으로 신전의 기둥처럼 하늘을 받치고 있는 초고층 건물들을 내다보았다. 이 순간에도 자라고 있는 듯한 기이한 분위기의 빌딩숲은 언젠가는 하늘에 남은 나머지 픽셀까지 빈틈없이 채울 것 같았다.

다음 날 새벽부터 좁은 골목 구석구석을 돌아다니며 구멍을 찾았다. 가게는 출입이 자유로웠지만 가정집은 아무래도 어려워서 내가 할 수 있는 선에서 구멍을 찾아보기로 했다. 홍콩 특유의 후텁지근한 날씨를 잔뜩 경험하다 호텔로 돌아왔을 땐 밤이었다. 반딧불이처럼 환하게 점등된 초고층 건물의 불빛을 바라보며 포장해 온 딤섬으로 늦은 저녁을 먹었다. 구멍은 대체 어디에 있는지, 영원히 찾지 못하는 건 아닌지 간간이 불안이 몰려왔지만 너무 피곤했기 때문에 휴대폰을 충전해 두고 바로 잠들었다.

여행을 오면 으레 그러하듯 다음 날 새벽 일찍 눈이 떠졌다. 암막 커튼을 걷고 침대에 누워 아침을 기다렸다. 잠이 부족해서 쉼 없이 눈꺼풀이 감겼다. 어느덧 여명이 밝아 왔고 간접조명을 켜 둔 실내는 자연의 빛으로 뒤덮였다. 나는 옷장 아래 칸에 있던 사용감 있는 슬리퍼를 끌고 나와 창밖을 바라보았다. 저편 하늘에서 달이 해를 조금 가리고 있었다. 처음에는 잠이 덜 깬 줄 알았는데 그건 분명 일식 현상이었다. 나도 고유상과 마찬가지로 살면서 한 번도 일식을 본 적이 없었다. 호텔 와이파이로 SNS에 접속해보니 이미 개기일식을 보려고 대기하고 있던 전 세계인의 촬영 사진들이 실시간으로 올라오는 중이었다. 빌딩 아래에서는 까마득히 작아진 사람들이 길을 걷다 말고 하늘을 올려다보았다.

창에 비친 내 모습이 맑은 대기 속에 있었다. 마치 구멍을 볼 때처럼 일식 장면을 넋 놓고 보는 동안 시간은 빠르게 흘러갔고, 나는 달이 태양을 덮으면서 찬찬히 붉어지는 주변 어둠을 직시했다. 마침내 완전히 가려져 태양의 고리를 형성했을 때는 또 한 번 무언가의 그림자로 변했을 고유상을 생각했다. 그렇게 짧은 개기일식이 끝났다. 내게도 개기일식이 구멍과 가장 비슷한 존재로 다가왔지만 정작 내가 원하는 구멍을 찾는 일엔 실패했다. 점점 더 자신이 없어졌다. 온몸 마디마다 누적된 피로가 느껴질 만큼 심신은 지칠 대로 지쳐 있었다.

홍콩에서 머무는 마지막 날이 되어 캐리어를 끌고

공항에 도착했다. 체크인 구역은 사람들로 북적였다. 나는 다음 비행기표를 발권하고 수화물을 부치면서 이따금 여행에 들뜬 사람들의 그림자를 확인했다. 언젠가부터 그런 버릇이 생겼다. 햇빛의 강도에 따라 옅거나 짙게 변하는 그 그림자들은 제각각의 형태를 지니며 줄을 서 있었고 때로는 얽히고설키며 서로의 자리를 침범했다.

나는 앞사람이 친구와 웃다가 내 발을 밟아도 반응하지 않았고 앞사람의 사과에도 반응하지 않았다. 구멍을 찾겠다는 처음의 결심과 설렘은 온데간데없이 이젠 입출국 수속을 밟는 과정조차 신물이 났다. 지겨운 절차가 끝난 뒤에는 탑승구 의자에 퍼질러 앉아 고개를 떨군 채 아무것도 하지 않고 버텼다. 지겨웠다. 모든 게 지겨웠다.

온몸의 힘을 내려놓고 같은 자세로 한참을 앉아 있으니 나 자신이 어디론가 소멸해 들어가는 기분이었다. 아주 작게 움츠러들어 종국엔 아무도 볼 수 없게 변할 것 같았다. 파노라마 창에서 빛이 들어오는 게 느껴졌다. 비스듬히 고개를 돌리자 그 빛이 내 각막을 통과했다. 내 눈구멍으로 빛이, 환하게 들어왔다.

창밖에서 항공기 엔진 소리가 들려온 건 그때였다. 나는 빛 줄 너머로 주기장에 세워진 항공기들을 내다보았다. 이곳에서 그대로 떨어져 내려 공중을 멍하니 날아다니는 상상을 하고 있는데, 옆자리에서 기척이 느껴졌다. 아니, 기척이라기보다 어둡고 무거운 공감각이 느껴졌다. 누군가의 발소리나 말소리를 전혀 듣지 못해서 의아하게 생각하며 고개를 돌렸는데, 옆 의자에 구멍이 앉아 있었다. 나는 재빨리 주변을 둘러보았다. 들어가고 싶다는 생각보단 누군가의 눈에 띄기 전에 빨리 가져가야겠다는 생각이 먼저 들었다.

백팩에 구멍을 넣어 비행기에 탑승했다. 내 자리는 창가였다. 영어가 모국어가 아닌 듯한 기장의 비행 안내가 빠르게 마무리되고 비행기가 서서히 유도로를 따라가더니 육중한 굉음을 내며 땅에서 금세 멀어졌다. 이윽고 평형을 되찾은 비행기의 안정감이 느껴졌다. 그 안정감이 내 마음에도 전이되기를 바랐다.

그러려면 출구로 나가야 한다. 기내식도 먹지 않은 채 가방을 끌어안고 눈을 감았다. 드디어 출구를 찾았는데 마음은 후련해지지 않았다. 창 블라인드를 올려 흰 구름이 자욱한 상공을 바라보았다. 나는 결정을 굳힌 상태로 여기까지 온 것이었고 출구로 나가지 않으면 지금까지의 노력이 허사가 된다.

그렇게 잠시, 기다렸다. 내가 결심할 수 있기를 기다렸다.

날아가는 비행기 안에서 구멍에 들어가게 될 줄은 몰랐지만, 얼마 뒤 나는 차분하게 백팩을 발밑 좁은 공간에 내려놓았다. 그리고 구멍 전체가 보이도록 지퍼를 열었다. 정체를 알 수 없는 물질이 고결한 검은 빛으로 충만해 있었다. 그 구멍은 나를 만난 순간부터 항시 대기 중이었다. 언젠가 한심하단 표정으로 '앞으로 뭐 먹고 살래?'라며 대답을 강요하던 엄마와 아빠를 보는 듯했다. 언젠가 이별을 고하자 폭언을 퍼부으면서 너는 결혼 상대는 아니라고 했던 전 남자친구를 보는 듯했다. 언젠가 나와 다른 친구들 사이를 저울질하다 관계가 서먹해져서 결국 연락을 끊은 친구를 보는 듯했다. 언젠가, 그 언젠가 나와 다투고 악담을 퍼붓고 상처를 주고 떠난 사람들을 보는 듯했다. 별다른 사건 없이도 관계에 진척이 없어서 자연스레 멀어진 사람들을 보는 듯했다. 현실에서 벌어진 모든 안 좋은 일들이 그 물질 안에 있었다.

어쩌면,

어쩌면 그 반대이기도 했다. 아무것도 이해받지 못해도 마냥 신나기만 했던 어린 시절이 그 반대편에 숨겨져 있었고, 각자의 미래가 어떻게 펼쳐지든 함께 웃고 떠들었던 사람들과의 추억도 그 반대편에 숨어 있었다. 내가 보려 하지 않았을 뿐이었다. 그동안 내가 보려고 애쓴 건 나를 구렁텅이에 빠뜨린 것들이었다. 내용물이 빠져나오지 못하도록 꽁꽁 묶어 둔 검은 비닐봉지처럼, 불길한 과거가 내 잠재의식 한가운데 자리하도록 내버려두었다. 그 악취와 생활하며 나는 그게 전부라고 믿고 있었다.

조금 전부터 시작된 난기류는 멈출 줄 몰랐다. 더

이상 식사를 이어가는 승객은 없었다. 다들 기계적으로 흔들리고 있었다. 이제 출구로 나갈 시간이었다. 나는 아주 천천히 심호흡을 마친 후 좌석을 뒤로 젖히고 두 다리를 뻗었다.

3부

10

한 번 크게 숨을 들이마시며 눈을 떴다. 나는 어딘가에 드러누워 있었다. 바닥이 축축해서 기분이 좋지 않았다. 고개를 돌려 주변을 확인하니 그때 그 교량 위였다. 조금 어지러워서 눈을 꾹 감았다 다시 떴는데 눈앞에 나를 걱정스레 살피고 있는 어떤 남자가 보였다. 처음엔 기억이 가물가물했지만 복장을 보니 바로 알 것 같았다. 내가 구멍으로 들어가기 전에 이 길을 지나갔던 라이딩하는 아저씨였다. 자전거는 뒤에 세워져 있었다.

아저씨는 내가 위태로워 보여서 혹 투신을 하려나

싶어 다시 돌아왔는데 내가 쓰러져 있었다고 했다. 구급차를 불렀으니 안심하라는 말도 덧붙였다. 나는 몸을 일으키며 이제 괜찮으니 구급차는 필요 없다고 말했다. 아저씨는 정말 괜찮으냐고 물었고 나는 고개를 끄덕였다. 그 비언어적 의사 표현은 아저씨로 인해 내가 진짜 현실로 돌아왔다는 걸 확인했다는 뜻이기도 했다.

아저씨가 만류하는데도 차를 그대로 두고 대로변을 걷기 시작했다. 아무 생각도 나지 않았다. 아니, 생각이 너무 많아서, 생각의 백지로 머릿속이 꽉 차 버려서 되레 텅 비어 버린 듯했다. 체감으로는 한 시간 넘게 걸어 집에 도착한 것 같았다. 이상하게도 구멍 속에서 걸을 때보다 덜 힘들게 느껴졌다. 몸이 한결 가벼워진 기분이라고 해야 할까.

현관문을 열고 들어와 집 안을 둘러보았다. 더 이상 이 집에서는 살고 싶지 않다고 생각했다. 바로 집주인에게 전화를 걸어 마지막 월세를 정산하고 방을 빼기로 했다. 집주인은 계약 기간이 아직 남았으니

세입자가 구해지면 연락을 준다고 했다. 열흘쯤 지났을 때 마침 바로 들어오겠다는 사람이 있어 보증금을 빨리 줄 수 있겠다는 문자가 왔다.

짐을 하나하나 정리하는 사이 이삿날이 다가왔고 엄마가 떠나고 5년을 의지하며 살았던 아파트는 단 반나절 만에 텅 비었다. 일의 분담은 자연스럽게 이루어졌다. 트럭 기사는 커다란 물건을, 나는 자잘한 걸 옮겼다. 이삿짐을 트럭에 다 싣고 나서 내게 남은 건 당장 필요한 소지품과 옷가지를 챙긴 캐리어 하나뿐이었다. 캐리어 손잡이를 끌고 나가려던 나는 마지막으로 집을 한번 둘러보고 싶은 마음에 편한 동선대로 한 바퀴를 돌았다.

빈집을 보니 고유상을 다시 만났을 때가 떠올랐지만 지금은 그를 생각하고 싶지 않았다. 나는 안방과 거실을 거쳐 마지막으로 창고로 쓰던 방으로 향했다. 그동안 물건들에 가려져 있어 몰랐는데 벽지와 바닥이 바래고 일부는 벗겨져 있었다. 하지만 그건 두 번째로 확인한 것이었고 들어가자마자 맨 처음으로 보인 건…

구멍이었다.

아주, 아주, 아주 까만 구멍.

5년간 존재하는지도 몰랐던 그것이 내가 한때 소중히 여겼던 통기타가 있던 자리에 있었다. 초반에 연습하다 싫증이 나서 그 후로 몇 년을 방치한 기타였다. 조금 전에 기타를 옮긴 건 아저씨여서 나는 그 공간을 미처 확인하지 못한 것이다.

그저…

그저… 쳐다보고 있었다. 한참을.

이제는 호기심도 생기지 않았고 미혹되지도 않았다. 그냥 너구나, 싶었다. 내게는 당연히 네가 있었어야 했다고. 너는 내 인생의 총체라고.

내 인생의 총체이자,

나 자신.

나는 처음에 그랬던 것처럼 아직 버리지 않은 피자 박스에다 구멍을 집어넣었다. 피자 박스를 들고 나가면서 집에게 안녕을 고했다.

●

 일식을 넋 놓고 보던 유상이 정신을 차렸을 때, 하얗고 넓은 공간이 눈앞에 있었다. 자신은 누워 있으니 아무래도 그건 천장 같았다. 고개를 옆으로 돌리자 관람객으로 보이는 중년 여성이 아치형 통로로 차분히 걸어오고 있었다. 그는 벽에 걸린 어떤 작품 앞에 서서 조용히 사진을 감상했다. 유상은 다시 정면을 보았다. 자신이 무엇의 그림자인지 궁금해져서였다. 호기심 어린 유상의 눈에 액자 안에 보호된 흑백 사진 한 장이 보였다. 유상은 자신이 이 사진 작품의 그림자라는 걸 알았다. 그때는 조금 이른 시각이었는지 얼마 후에야 관람객들이 하나둘씩 들어왔다.

 큐레이터가 사진을 설명하는 도슨트 프로그램을 유상은 강제로 들을 수밖에 없었다. 그 전시는 오래 전에 요절한 해외 유명 사진작가의 회고전이었고 유상이 올려다볼 수밖에 없는 그 액자 속 사진은 서프러제트라 불렸던 여성 참정권 운동가를 찍은 사진이었다. 형형한 눈빛의 그 여성은 경찰에게 둘러싸여 팻말을 들고 시위 중이었다. 설명을 듣고 있자니 슬그머니 잠이 쏟아졌다.

유상이 다시 정신이 들었을 때 주변은 더 붐비고 있었다. 유상은 자기 머리 위에 서 있는 사람을 보고 화들짝 놀랐다. 재차 보아도 그건 유소였다. 자신의 구명을 넘겨주었던 그 동창. 유소는 친구로 보이는 여자와 함께 서 있었는데 한참이 지나도 유상의 곁을 떠나지 않았다.

유소의 표정은 무척 상기되어 보였다. 유상은 왜 이 사진을 계속 보고 있는지 이해가 되지 않았다. 유소는 옆에 있는 여자에게 내가 말한 릴이야, 라고 했다. 그게 무슨 뜻인지 유상으로선 알 길이 없었다. 하지만 유소는 계속해서 믿기 어렵다는 표정을 지으며 그곳에 서 있었다. 유상은 다시 그 사진을 보았다. 저 금발 여자의 이름이 릴이구나 싶었다.

에필로그

 다른 곳으로 이사를 간 뒤 병원에서 재검사를 받았다. 의사는 뚜렷하게 달라진 징후가 보이지 않는다면서 그때와 마찬가지로 2년 뒤에 다시 검사를 받아 보라고 권했다. 수혜를 만나 구멍에 대해 물어봤지만 내가 구멍 속에서 만난 건 아마도 수혜의 내면 내지는 무의식이었는지 전혀 기억하지 못했다.
 유상의 집에도 가 보았다. 처음 왔을 때처럼 텅 비어 있었지만 경찰이나 가족이 다녀간 듯한 족적이 드문드문 보였다. 구태여 유상의 사건은 찾아보지 않았다. 그는 이미 만물의 그림자가 되었고 그건 어떤 의미에서 보면 참회라고 할 수 있었다. 유상의 내면이 자신을 편하게 내버려두지 않은 거라 생각했으니까.

  알바를 전전하던 나는 직장을 구했고 두 번의 퇴사를 거쳤으며 이후로도 현실은 여전히 좋아지지 않았다. 그러다 더 이상 견디고 싶지 않을 때, 구멍 속으로 들어갔다. 어떤 날은 우주 공간에 떠 있었다. 구멍을 온전히 내 것으로 여겨서인지 우주복을 입지 않은 맨몸인데도 호흡이 힘들지 않았다. 나는 계속해서 나의 세계에서 안정적으로 호흡했고, 그사이 내 속에서 창조되는 희망과 염원이 크고 작은 별처럼 수축하고 폭발했다. 우주에 얼마나 오래 있었는지는 모른다. 어떻게 돌아왔는지도 모른다.

  다만 우주에서 돌아왔을 때는 환한 낮이었다. 그것만 기억난다.

작가의 말

아마 초등학교 때부터였을 것이다. 어떤 장소에 가거나 어떤 사물을 볼 때면 뜬금없고 말이 안 되는 상상이 밀려들곤 했다. 그건 얼마 안 가 머릿속에 가득 차 버렸고 글이든 그림이든, 어떤 식으로든 내보내지 않으면 안 될 것 같았다. 그래서 초등학교 때는 일기를 썼고, 중학교 때는 글을 써서 친구들에게 보여 주었다. 메모하기 시작한 건 한참이 지난 뒤였다. 이 소설의 소재도 내가 몇 년 전에 메모해 둔 것이었다. 지금은 그 메모가 작가로서의 버킷 리스트가 되었다. 죽기 전에 써야 할….

이 소설에는 극히 일부지만 내 얘기도 담겨 있다. 지금까지 그래 왔듯 이 소설도 독자들을 위한 글이자, 나를 위한 글이기 때문이다. 주인공은 병원에서 '좌측 경동맥 폐쇄 및 협착'이라는 진단을 받게 되는데 이게 실제 내 얘기다. 2022년에 진단받았고 재검사를 받아야 할 시기를 지났지만 혹 좋지 않은 소식을 듣게 될까 봐 병원에 가지 않고 최대한 버티는 중이다.

대신 그렇게 좋아하는 정크 푸드를 대부분 끊고 집에서 음식을 직접 만들어 먹으며 식습관을 관리하고 있다. 작가가 되기 전에는 오래 살고 싶은 마음이 없었는데 요즘은 이왕 여기까지 왔는데 좀 더 살아 봐도 되지 않을까, 그런 생각이 든다.

●

내 스스로 만든 구멍을 외면하면 할수록 그 구멍은 더 깊어지고, 나빠진다. 나는 그걸 경험했다. 그 역시도 내 인생이라는 것을 받아들이면 마음의 고통을 덜 수 있다. 그곳을 마음대로 드나들며 새로운 세계를 만들 수 있다. 나는 그렇게 생각한다.

  이 소설을 읽는 당신의 세계도 늘 포근한 한낮이기를 바라며.

2025년 이유소

해설

호흡하는 주체와 폭발하는 세계
박인성(문학평론가)

1. 탈출구는 없다

누군가가 구멍에 빠졌다가 다른 세계에서 눈을 뜬다는 이야기는 유서가 깊다. 루이스 캐럴의 판타지 동화 《이상한 나라의 앨리스(Alice's Adventures in Wonderland)》(1865)에서 주인공 앨리스는 토끼굴에 떨어진 이후 미지의 판타지 세계에서 눈을 뜬다. 이러한 판타지 세계에서는 주인공의 의지보다 우연과 초현실이 강조된다. 이 동화의 결말은 앨리스가 꿈에서 깨어나 현실로 돌아가는 것인데, 그 꿈은 빅토리아시대의 현실을 반영하는 다양한 은유와 이미지로 구성되어 있다. 꿈이라는 내면의 풍경을 통해서 앨리스는 단순히 당대의 시대상을 발견하는 것만이 아니라, 아이의 시선으로는 이해하기 힘든 세계의 부조리와 기만을 경유함으로써 근대적인 자기 정체성의 복잡함을 탐색하기도 한다.

큰 틀에서 《호흡과 폭발》 역시 《이상한 나라의 앨리스》에 뿌리를 둔 현대적 변형이다. 이 소설에서도 주인공 유소는 정체를 알 수 없는 구멍을 통해서 지금껏 가 본 적 없는 세계로 진입한다. 하지만 앨리스와 유소의 가장 큰 차이점은 스스로 구멍 속에 떨어지길 원하는 자발성이다. 앨리스에게 있어서 꿈속 세계는 근대적 인간의 성숙을 위한 필연적인 모험에 가까운 것이라면, 유소에게 있어서 구멍 속 세계는 희망을 잃고 상처 입은 탈근대적 주체의 도피에 가까운 것이기 때문이다. 지금 우리가 살아가는 현대 세계에서 성장과 교양으로 이루어진 근대적 인간에 대한 이상형은 설득력을 잃었다. 따라서 시한부 선고를 받고 삶에 대한 의지를 잃어 가는 유소는 근대의 막다른 길에 처한 현대인의 자화상이기도 하다.

　유소가 구멍으로 들어가는 자발성은 미래를 직면하기도 죽음을 수용하기도 어려운 현대인이 택할 수 있는 퇴행적인 도피다. 유소에게 구멍에 대해 알려 준 고유상의 경우 역시 마찬가지다. 두 사람은 서로 다른 이유이지만 자신이 살고 있는 "거시적인 현실 세계"(9쪽)를 벗어나고자 구멍 속 미지의 세계로 진입한다. 구멍에 대해서나 그 너머에 대해서 아무것도 알지 못함에도 불구하고 오직 현실을 회피하기 위해서 구멍 속으로 들어가는 그들의 기대는 도피적인 것이며 대안적인 세계에 대한 막연한 희망이다. 평행세계나 이세계라는 장르적 소재가 보편화된 지금, 이러한 장치에 대해서 낯설어할 필요는 없다. 하지만 이 소설은 바로 그러한 기대로부터의 배신으로 구체화된다.

　오늘날 장르 문학의 관점에서 평행세계와 이세계에 대한 상상력이 유행하는 것은 사회적인 징후에 가깝다. 미래에 대한 기대와 전망을 잃은 동시대 청년

세대의 현실 인식을 압축적으로 보여 주기 때문이다. 실제로 고유상이 기대했던 것은 죽음일지도 모르지만 현실로부터 벗어나는 탈출구, 더 나아가 현실의 삶을 보상받는 대안적인 세계였을 것이다. 하지만 그러한 기대와는 달리 구멍 속 세계에서 그에게는 실체 없는 그림자로서의 삶이 주어질 뿐이다. 이는 삶을 포기하는 심정으로 구멍에 뛰어든 그의 심리가 반영된 결과물이다. 구멍 너머의 세계는 "꿈과 현실 세계 사이에 애매하게 걸쳐져 있는"(95쪽) 세계이며, 어느 쪽으로든 움직이지 않으면 영원히 갇혀 있을 수 있는 불안정한 중간 세계에 가깝다.

이 소설이 그리는 구멍 속의 세계는 평행세계라기보다는 인간 정신과 무의식이 반영된 내면세계에 더 가깝다. 하지만 단순히 이 세계를 개인 내면의 반영이라고 부르기는 어려워 보인다. 오히려 개인의 무의식보다 더 깊은 곳에서 다양한 인간 정신이 네트워크처럼 연결되어 있는 집단무의식의 세계라고 말할 수도 있을 것이다. 따라서 자신의 정신을 반영하기는 하지만 결코 개인의 것이라고 말할 수 없으며, 지배할 수도 통제할 수도 없는 이 중간 세계는 탈출구를 찾는 현대인들에게 주어진 또 다른 숙고의 시공간이다. 주인공 유소가 그러하듯 이 세계는 현실 세계에서 삶의 의미를 잃은 사람들이 전혀 다른 방식으로 세계를 다시 사유할 수 있도록 하는 정신의 무대이며, 잃어버린 자기 자신에 대한 탐색을 수행하는 공간이기도 하다.

2. 그러나 출구는 있다

구멍 너머 세계는 현실의 탈출구가 아니다. 하지만 그저 닫혀 있는 세계 역시 아니다. 입구가 있다면 출구도 있기 때문이다. 이 구멍 너머 세계는 분명 개인의 내면에서 출발하지만, 수많은 타자의 목소리와 타자의 파편들로 가득 차 있으며, 고립된 독백이 아니라 수많은 대화와 발견으로 이루어진 공간이다. 평소에는 들을 수 없고 볼 수 없던 존재들이 이 세계에서는 말을 걸고 자신을 드러낸다. 구멍 너머 세계는 이처럼 유소가 현실 세계에서는 가질 수 없었던 타자와의 만남과 역동적인 대화를 제공한다. 흥미롭게도 지그문트 프로이트는 정신분석 상담분석에서 형성되는 분석가와 내담자 사이의 전이(transference)를 '중간의 왕국(Zwischenreich)'이라고 불렀다. 단순히 분석가가 제공해 주는 해석에 내담자가 일방적으로 따르는 것이 아니라, 분석가와 내담자 사이에 발생하는 역동적인 대화를 통해 분석을 새로운 이야기 쓰기로 발전시킨다. 그런 의미에서 분석 상담은 두 사람 사이에서 이루어지는 공동 창작과도 같으며, 두 사람 사이에 허구적인 중간 영역을 만들어 내는 것이다.

정신분석적인 의미에서 치유란 이 중간의 왕국에서 형성되는 삶에 대한 다시-쓰기, 자신의 삶을 더 나은 이야기로 재구성하는 과정이다. 《호흡과 폭발》은 바로 이러한 치유의 가능성을 내면의 세계로부터 찾는다. 하지만 그것은 근대적인 모험에 비견되는 자기 정체성의 탐색과는 다른 것이다. 오히려 우리의 내면을 들여다보는 일은 더 복잡하고 다양한, 그리고 잠재적인 타자의 목소리를 듣는 과정으로 이어진다는 사실을 환기한다. 다시 강조하듯, 구멍 속 세계는 탈출구가 아니지만 여전히 출구는 존재한다. 자기 자신의 내면에 뚫려 있는 입구를 통해서만 현실로 향하는 출구는 다시 존재하기 때문이다. 구멍은 "입구이자 출구다"(44쪽). 입구를 출구로 발견하는 것은 다시금 현실로 향할 수 있는 마음의 회복, 근본적으로 삶과 현실을 재발견하는 치유 과정으로 읽힌다.

구멍이란 거시 물질세계에서는 공백이며, 결여이자 결핍이다. 그런 의미에서 구멍은 유소를 포함하는 현대인들이 경험하고 있는 자아의 손상과 파괴된 삶을 상징하는 것이기도 하다. 하지만 아이러니하게도 바로 그러한 구멍을 통해서만 구멍 너머 세계는 상처 입고 훼손된 존재들을 연결하는 더 큰 무의식적인 공존을 보여 줄 수 있다. 오직 결핍되고 훼손된 존재들만이 그러한 구멍을 통해서 현실 세계에서는 연결될 수 없는 방식으로 연결된다. 구멍 너머 세계가 집단 무의식의 공간이기도 하다면, 그것은 결국 누군가의 결여와 결핍, 상처와 손상을 발견하고 수용할 수 있는 사람이야말로 자신의 삶의 결핍으로부터 치유를 수행할 수 있다는 점을 의미하는 것이기도 하다.

그러나 프로이트를 경유하지 않더라도, 무의식이란 결코 쉽게 받아들이거나 인정할 수 있는 대상이 아니다. 자기 무의식이든 타인의 무의식이든, 누군가의 상처와 결핍을 발견하고 목격하는 과정은 개인이 감당하기 어렵게 위험한 일이다. 따라서 《호흡과 폭발》에서 유소가 우선 향하게 되는 것은 꿈의 영역이다. 이 소설에서 꿈의 세계를 묘사하는 방식은 독특한데 각각 개인의 방과 그 방의 천장의 세계로 그려진다. 개인의 방은 고유한 세계이며, 천장은 꿈의 형태로 연결되어 있는 수많은 세계의 통로이기도 하다. 따라서 유소는 천장에서 살고 있는 여자 '릴'의 권유로 인해 천장의 세계에 진입한 이후, 자기 방으로 돌아가지 못하고 수많은 타인의 세계를 전전하며 돌아다니게 된다. 천장의 세계는 개인의 방을 꿈의 영역에서 지켜볼 수 있게 해 주지만 그렇다고 해서 타인의 방으로 내려갈 수도 거기 개입할 수도 없다. 하지만 단순히 구멍 너머의 세계를 경험하는 것만으로는 인지할 수 없었던 수없이 많은 타인의 무의식을 경험하기에 적절한 거리감을 구성한다.

릴과의 대화는 꿈의 세계에서 이루어지는 발견과 대화의 의미를 압축하여 보여 준다. 1700년대에 태어나 가족을 꾸렸던 릴은 불우한 삶을 살았으며 이제는 죽었음에도 불구하고 꿈의 형태로만 살아남아서 천장에서 내려갈 수 없게 되었다. 다만 꿈의 형태로 시공간의 한계를 뛰어넘어서 제3차 세계대전 이후 미래의 참상까지도 목격하지만 어떤 방식으로도 세계를 변화시킬 수 없기에 그저 고립된 꿈에 갇혀 있었다. 하지만 유소에게 그간의 자기 삶에 대한 이야기를 전달하고 난 뒤, 비로소 자신의 삶을 받아들이고 고립된 천장에서 벗어나 꿈에서 깨어날 수 있게 된다. 이처럼 수많은 인간 정신의 무의식이 연결되어 있는 구멍 너머 세계에서도 천장의 세계는 온전히 완결되거나 애도되지 못한, 그러나 상처 입고 훼손된 삶의 풍경으로 구성되어 있다. 그리고 그 풍경으로부터 벗어나는 과정은 타인과의 대화를 통한 자기 삶에 대한 이해로 이루어지는 것이다.

그래서 더욱 이 소설에서 유소는 더 많은 세계를, 더 많은 타인의 세계를 경유해야만 하는 과정을 겪는다. 릴과 헤어지고 나서 유소는 "구멍을 가진 사람들"(134쪽)을 찾아 그들의 천장 아래를 구경해 나가게 된다. 다만 조금은 안전하게 거리를 두고, 다소 불확실한 필터를 거쳐서 타인의 세계를 목격하지만 그 의미는 이처럼 거대한 무의식을 이루고 있는 사람들의 결핍과 공백을 마주하는 것이다. 이 과정을 통해서 유소는 차츰 자신의 삶을 다시 받아들인다. 최초에 유소는 자신의 병과 시한부로서의 운명이 삶을 망쳤다고 생각했지만, 사실 병을 진단받기 이전부터 자신이 삶에 충실할 수 없는 선험적인 좌절에 익숙해져 있음을 깨닫는다. 유상과 수혜를 포함하여 자기 주변 사람들에게도 구멍이 있다는 사실과, 그들이 저마다의 방식으로 삶에서 받았던 고통을 이해해 나가기도 한다.

 이처럼 수많은 개인의 방들을 헤매는 과정은 결과적으로 유소가 온전히 다 이해하거나 받아들일 수 없음에도, 이러한 과정을 거친 이후에야 비로소 다시 자신의 방을 찾아서 구멍 너머 세계로 돌아올 수 있게 된다. 하지만 타인이 가진 다양한 구멍을 보고 이해한다고 하더라도, 유소가 가진 내면의 문제는 해결되지 않았다. "매번 구멍을 벗어나려는 자아와 구멍 속에서 영원히 살려는 자아가 각자의 영공을 지키려는 국가처럼 충돌"(158쪽)하는 딜레마를 벗어나기 어렵기 때문이다. 이러한 자아의 충돌 속에서 유소가 경험하게 되는 것은 또 다른 형태의 무의식적 자기 상연이다. 일종의 '연극적 주체'에 대한 인식이 영화 〈멀홀랜드 드라이브〉를 보고 난 이후로 강렬하게 유소를 사로잡는다.

 어느 사이 현실에서도 구멍에서도 벗어나려고 발버둥 치는 내가 그 무대에 올라 있다. 자신이 있어야 할 세계를 찾지 못하고 방황하는 내가 서 있다. 원하는 인생을 살지 못하고 텅 비어 버린 허구의 세계에서 군림하던 내가 이상한 곳에서 이상한 노래를 부르고 있다.(161~162쪽)

이 지점에서 《호흡과 폭발》은 〈멀홀랜드 드라이브〉의 주제적인 의도를 전유하고 있다. 〈멀홀랜드 드라이브〉는 난해한 서사 구조를 가지지만, 근본적으로는 영화 속의 현실이 주인공 다이앤(베티)이 상처와 죄책감으로부터 벗어나기 위해서 만들어 낸 이상적인 꿈에 불과하다는 사실로 이해할 때 가장 명확한 해석적 의미를 제공한다. 이는 구멍 속 세상이라는 중간 세계에 빠져서 현실로부터 도피하고 있는 유소의 처지와 다르지 않다. 이 영화는 도피적인 환상 없이는 우리가 발붙이고 살아가는 현실도 성립하기 어렵지만, 지나치게 환상에 몰두하면 우리의 삶을 지탱하는 현실 자체가 파괴된다는 중요한 통찰을 제시한다. 영화를 보고 나서 유소는 자신이 처한 구멍 속 세계에 언제까지 머무를 수 없음을 깨닫는다. 결과적으로 유소가 잊고 있었던 현실에 대한 강박이 구멍 속 세계에까지 구현되기 시작하는 것이다.

이제 유소의 모든 일상과 생활을 영화처럼 지켜보는 관객들의 소리와 시선이 유소를 사로잡는다. 이러한 소리와 시선은 무대화된 현실 층위에서 작동하는 여러 형태의 무의식적 강박을 표현한다. 구멍 속 세계뿐만 아니라 우리의 현실은 사실 만들어진 연극 무대와 같으며, 우리는 무대 위에서 '나'라는 역할을 연기하는 연기자가 된다. 문제는 우리가 언제나 나 자신을 연기해야 하지만 사실 그 연기의 실체나 고정된 캐릭터는 존재하지 않는다는 사실이다. 따라서 연극적 주체는 자신이 연기하는 '나'에 대한 외부의 시선에 불안을 느낀다. 유소가 느끼는 "개인주의, 시선 공포, 사회 부적응, 무분별한 평가에 대한 혐오"(170쪽)가 무의식의 세계에서도 실체화되어 그를 괴롭힌다. 구멍 속 세상은 일종의 무의식적 환상으로, 표면적으로 현실을 부정하거나 벗어나기 위한 곳이지만, 끝내 무의식의 진실을 완벽히 감출 수는 없으며 이야기의 균열을 통해 현실이 얼굴을 내미는 것이다.

타인이 가진 수많은 구멍으로 이루어진 꿈의 세계를 경험하고 나서, 반대로 이러한 현실의 강박에 시달리는 상반된 과정은 이제 유소에게 있어서 구멍 속 세계가 영원히 격리 가능한 도피처가 아니라는 사실을, 결국에는 중간 세계를 벗어나 현실로 돌아가야 한다는 자각을 제공해 준다. 타인은 나와 마찬가지로 감출 수 없는 구멍을 가진 존재이기도 하면서, 동시에 자신의 결핍이나 공백을 들여다보기보다는 타인의 삶을 영화처럼 관음하며 즐기는 존재이기도 하다. 구멍 속 세계는 그러한 복합적인 세계의 속성을 다시금 경험할 수 있도록 해 주며, 유소는 비로소 자신의 구멍을 다시 마주할 준비가 된다. 그리고 전 세계를 여행하며 자신의 구멍을 찾아 가는 탐색을 시작한다. 이는 결국 자기 치유를 위한 입구이자 출구 찾기다.

3. 세계는 폭발되어야 한다

결국 《호흡과 폭발》은 현실로부터 벗어나기 위해

아등바등거린 주체가 결과적으로 자신이 벗어나고자 했던 현실로 복귀하는 원점 회귀 서사라고 할 수 있다. 모험과 탐색을 거쳐 원점으로 회귀하는 서사의 핵심은 단순히 원래의 현실로 돌아온다는 사실이 아니라, 현실로 되돌아오기까지의 과정에서 주인공이 현실을 조금 다르게 다시 보게 된다는 사실이다. 그것은 근대적인 의미에서 성장이 아니다. 《이상한 나라의 앨리스》와 달리 《호흡과 폭발》은 보편적으로 성장을 기대하기 어려운 현실의 막다른 길로부터 출발했으며, 다시 그 막다른 길로 되돌아오는 과정이기 때문이다. 그러나 현실이 막다른 길에 놓여 있으며 탈출구를 발견할 수 없다고 할지라도, 이 소설에서는 우리가 마주해야 하는 구멍에 대한 재발견을 강조한다. 유소에게 있어서 구멍은 더 이상 현실의 탈출구가 아니라, 자기 자신의 결핍과 상처를 마주 보는 거울이자 동시에 그러한 거울을 마주 보면서도 살아가야 하는 현실로의 복귀 통로이기도 하다. 따라서 막다른 현실에 놓인 우리 자신의 구멍을 통해 현실을 다시 보게 된다는 의미에서, 이 소설에 있어 원점 회귀를 강조할 수 있다. 그것은 결국 우리가 의지를 가지고 자기 삶의 결핍과 상처를 마주하기를 요청하는 태도의 변화를 가리킨다.

대표적으로 소설의 후반부에서 구멍을 찾아 전국을 헤매던 유소가 뒤로 걷는 소년과 만나는 사건은 유소에게 용기를 준다. 시간을 거꾸로 되돌리듯이 뒤로 걸으며 점점 어려지는 것처럼 보이는 소년은, 마치 죽음을 앞두고 인생 자체를 복기하는 것처럼 보이는 삶에 대한 되감기를 수행하는 것이다. 잃어버린 기억을 향해서 뒤로 걷는 소년의 의지는 유소에게는 없는 삶에 대한 강렬한 의지이기도 하다. 구멍을 찾고자 하지만 그처럼 절실하지는 않았던 유소에게도 소년이 던진 말은 힌트가 된다. "네가 그렇게 찾아도 없다는 건 작정하고 숨었다는 얘기잖아, 너에게 닿지 않도록. 네가 구멍에 마음을 더 여는 수밖에 없어"(196쪽)라는 소년의 말처럼, 유소는 이제 구멍과의 관계가 자신의 심리적 욕망에 기초하고 있음을 받아들인다. 현실은 여전히 막다른 길이고 탈출구는 없지만, 오직 자기 의지를 가지고 용기 있게 스스로를 받아들이는 사람만이 자신만의 구멍을 찾는 법이다.

그리하여 전 세계를 누비며 구멍을 찾던 와중에 비로소 유소는 공항에서 구멍을 찾아 무사히 회수할 수 있게 된다. 그리고 구멍은 어디론가 사라진 것이 아니라 늘 자신을 지켜보고 있었음을 깨닫는다. 그것은 어디까지나 유소의 무의식적인 자기 인식에 기초하여 보이거나 보이지 않을 뿐인 대상인 것이다. 그렇게 유소는 구멍이 가지고 있는 자기 삶에 대한 의미를, 구멍이라는 공백을 채우고 있는 내부의 실체에 대해서도 알게 된다. "현실에서 벌어진 모든 안 좋은 일들이 그 물질 안에 있었다. / 어쩌면, / 어쩌면 그 반대이기도 했다"(205쪽). 종합하여 말하자면 구멍은 결국 "내 인생의 총체이자, / 나 자신"(212쪽)일 수밖에 없다. 유소는 그렇게 자기 삶을 수용하고 긍정한다. 물론 현실로 돌아온 유소의 삶이 그 자체로 행복하리라 말할 수는 없다.

〈에필로그〉에서도 새삼 강조하듯 유소에게 "현실은 여전히 좋아지지 않았다. 그러다 더 이상 견디고 싶지 않을 때, 구멍 속으로 들어갔다"(216쪽). 이제 구멍 속 세계는 유소가 자기 자신에게 집중하고, 스스로를 받아들일 수 있는 과정을 제공할 따름이다. "나는 계속해서 나의 세계에서 안정적으로 호흡했고, 그 사이 내 속에서 창조되는 희망과 염원이 크고 작은 별처럼 수축하고 폭발했다"(216쪽). 그러나 결과적으로 유소는 다시 현실로 돌아온다. 구멍이 언제나 그처럼 손쉽게 활용 가능한 도구인 것이 아니라, 이제 유소는 자기 자신의 구멍을 언제든 똑바로 바라보고 자기 내면의 세계를 받아들일 수 있게 되었기 때문이다. 여전히 희망은 미약하지만, 그럼에도 유소는 다시 구멍을 통해 환한 세계 아래로 나온다.

《호흡과 폭발》은 분명 장르적인 문법이나 서사적 명확성을 가지고 있는 소설은 아니다. 하지만 구멍 속 세계로 떨어진 이후 유소를 둘러싼 모든 이야기는 일관된 무의식적 서사, 즉 주인공의 심리적 현실을 보여 주는 과정에 집중하고 있다. 그 이유는 분명하다. 이 소설이 지금 우리가 살아가고 있는 손상된 세계와, 삶에 대한 의지를 잃어 가는 왜소한 주체들의 현주소를 다루고 있기 때문이다. 비단 '구멍'만이 아니라, 이 소설의 모든 세계에 대한 이해는 현재 우리가 살아가고 있는 세계에 대한 선험적 좌절에 기인하며, 사람들은 경험하지도 못한 세계에 대하여 실시간으로 희망을 잃고 있다.

이 소설이 그려 내는 세계에 대한 이해의 핵심은 역설적이게도 세계-없음(worldlessness)이다. 구멍 바깥 세계, 거시 현실 세계가 우리에게 의미를 잃어 갈수록 우리는 자신의 내면 깊숙이로 침잠하며 세계에 대한 인식이나 이해를 공유하는 공통의 지도를 잃어 가고 있다. 세계 자체가 마치 존재하지 않는 것처럼 저마다의 좁디좁은 파편적 세계를 진실된 세계처럼 믿으며 살아가고 있을 따름이다. 따라서 《호흡과 폭발》은 우리가 어떻게 잃어버린 세계를 회복하고, 자기 삶에 대한 희망을 다시 발견함으로써 상처 입은 주체를 치유할 것인지를 묻는다.

그 모든 답이 결코 소설 속 주인공 유소의 경우처럼 이뤄지지는 않을 것이다. 그럼에도 불구하고 이 소설은 우리에게 평행세계나 이세계는 없다는 사실을 환기할 뿐 아니라, 그 모든 대안적 상상력이 결과적으로는 자기 내면으로의 침잠과 폐쇄 회로 같은 밀실에 지나지 않는다는 사실을 폭로한다. 도망친 곳에는 낙원이 없다는 말처럼, 구멍 속 세계는 낙원이 아니라 오직 다시 현실로 되돌아가기 위해 필요한 임시 보호소, 상처 입은 우리를 위한 인큐베이터에 불과하다. 헤르만 헤세의 소설《데미안》에 나오는 표현처럼, 세계가 알이라면 우리는 이 알을 부수고 나옴으로써만 비로소 자신을 태어나게 할 것이다. 그것이 우리가 이 숨구멍을 통해서 호흡하고, 알과 같은 세계를 폭발시켜야 하는 이유다.

호흡과 폭발

초판 1쇄 인쇄	2025년 7월 16일
초판 1쇄 발행	2025년 7월 28일

지은이	이유소

총괄	김명래
책임편집	김명래
디자인	studio forb
책임마케팅	최혜령, 박지수, 도우리
마케팅	콘텐츠 IP 사업본부
해외사업	한승빈

경영지원	백선희, 권영환, 이기경, 최민선
제작	제이오
교정·교열	김정현

펴낸이	서현동
펴낸곳	㈜오팬하우스
출판등록	2024년 5월 16일 제2024-000141호
주소	서울시 강남구 테헤란로 419, 11층 (삼성동, 강남파이낸스플라자)
이메일	info@ofh.co.kr

ⓒ 이유소 2025
ISBN 979-11-94930-79-2 (03810)

한끼는 ㈜오팬하우스의 출판브랜드입니다.

* 이 책은 저작권법에 따라 보호받는 저작물이므로 무단전재와 무단복제를 금지하며, 이 책 내용의 전부 또는 일부를 이용하려면 반드시 저작권자와 ㈜오팬하우스의 서면동의를 받아야 합니다.
* 책값은 뒤표지에 표시되어 있습니다.
* 잘못된 책은 구입하신 서점에서 바꿔드립니다.